LA CASA DE LOS CELOS Y SELVAS DE ARDENIA

MIGUEL DE CERVANTES SAAVEDRA

PERSONAS QUE HABLAN EN ELLA:

- **REINALDOS**
- **MALGESÍ**
- **ROLDÁN**
- **GALALÓN**
- **EMPERADOR** Carlomagno
- **Un PAJE**
- **ANGÉLICA**
- **BERNARDO** del Carpio
- **Una DUEÑA**
- **Un ESCUDERO**
- **ARGALÍA**
- **ESPÍRITU** de Merlín
- **MARFISA**
- **LAUSO, pastor**
- **CORINTO, pastor**
- **RÚSTICO, pastor**
- **CLORI, pastora**
- **El TEMOR**
- **La SOSPECHA**
- **La CURIOSIDAD**
- **La DESESPERACIÓN**
- **Los CELOS**
- **La Diosa VENUS**
- **CUPIDO**
- **La MALA FAMA**
- **La BUENA FAMA**
- **FERRAGUTO**
- **CASTILLA**

JORNADA PRIMERA

*[Salen] **REINALDOS** y **MALGESÍ***

REINALDOS: Sin duda que el ser pobre es causa desto;
    pues, ¡vive Dios!, que pueden estas manos
    echar a todas horas todo el resto
    con bárbaros, franceses y paganos.
    ¿A mí, Roldán, a mí se ha de hacer esto?
    Levántate a los cielos soberanos,
    el confalón que tienes de la Iglesia.
    O reniego, o descreo...

MALGESÍ: ¡Oh, hermano!

REINALDOS: ¡Oh, pesia...!

MALGESÍ: Mira que suenan mal esas razones.

REINALDOS: Nunca las pasa mi intención del techo.

MALGESÍ: Pues, ¿por qué a pronunciallas te dispones?

REINALDOS: ¡Rabio de enojo y muero de despecho!

MALGESÍ: Pónesme en confusión.

REINALDOS: Y tú me pones...
    ¡Déjame, que revienta de ira el pecho!

MALGESÍ: ¡Por Dios!, que has de decirme en este instante
    con quién las has.

REINALDOS: Con el señor de Aglante.
    Con aquese bastardo, malnacido,
    arrogante, hablador, antojadizo,
    más de soberbia que de honor vestido.

MALGESÍ: ¿No me dirás, Reinaldos, qué te hizo?

REINALDOS: ¿Que a tanto desprecio he yo venido,
    que así ose atrevérseme un mestizo?
    Pues ¡juro a fe que, aunque le valga Roma,
    que le mate, y le guise, y me le coma!
    En un balcón estaba de palacio,
    y con él Galalón junto a su lado;
    yo entraba por el patio, muy de espacio,
    cual suelo, de mí mismo acompañado;

los dos miraron mi bohemio lacio
y no de perlas mi capelo ornado;
tomáronse a reír, y a lo que creo,
la risa fue de ver mi pobre arreo.

Subí, como con alas, la escalera,
de rabia lleno y de temor vacío;
no los hallé donde los vi, y quisiera
ejecutar en mí mi furia y brío.
Entráronse allá dentro, y, si no fuera
porque debo respeto al señor mío,
en su presencia le sacara el alma,
pequeña a tanta injuria, y débil palma.

De aquel traidor de Galalón no hago
cuenta ninguna, que es cobarde y necio;
de Roldán, sí, y en ira me deshago,
pues me conoce, y no me tiene en precio.
Pero presto tendrán los dos el pago,
pagando con sus vidas mi desprecio,
aunque lo estorbe...

MALGESÍ: ¿No ves que desatinas?

REINALDOS: Con aquesas palabras más me indinas.

MALGESÍ: Roldán es éste, vesle aquí que sale,
        y con él Galalón.

REINALDOS: Hazte a una parte,
        que quiero ver lo que este infame vale,
        que es tenido en el mundo por un Marte.

[Salen] ROLDÁN y GALALÓN

        ¡Agora, sí, burlón, que no te cale
        en la estancia de Carlos retirarte,
        ni a ti forjar traiciones y mentiras
        para volver pacíficas mis iras!

GALALÓN: Vuélvome, porque es éste un atrevido
        y el decir y hacer pone en un punto.

[Vase]

REINALDOS: ¡Bien os habéis de mi ademán reído
        los dos, a fe!

ROLDÁN: ¡Que está loco barrunto!

REINALDOS: ¿Dónde está aquel cobarde?

MALGESÍ: Ya se ha ido.

REINALDOS: Tuvo temor de no quedar difunto
              si un soplo le alcanzara de mi boca.

ROLDÁN: ¡A risa su arrogancia me provoca!
              ¿Con quién las has, Reinaldos?

REINALDOS: ¿Yo? Contigo.

ROLDÁN: ¿Conmigo? Pues, ¿por qué?

REINALDOS: Ya tú lo sabes.

ROLDÁN: No sé más de que siempre fui tu amigo,
              pues de mi voluntad tienes las llaves.

REINALDOS: Tu risa ha sido deso buen testigo;
              no hay para qué tan sin porqué te alabes.
              Dime: ¿puede, por dicha, la pobreza
              quitar lo que nos da naturaleza?
                 Que yo trujera con anillos de oro
              adornadas mis manos y trujera
              con pompa, a modo de real decoro,
              mi persona compuesta; ¿adóndequiera
              rindiera yo con esto al fuerte moro
              o al gallardo español, que nos espera?
              No; que no dan costosos atavíos
              fuerza a los brazos y a los pechos bríos.
                 Mi persona desnuda, y esta espada,
              y este indomable pecho que conoces,
              ancha se harán adondequiera entrada,
              como en la seca mies agudas hoces.
              Mi fuerza conocida y estimada
              está por todo el orbe dando voces,
              diciendo quién yo soy; y así, tu burla
              contra toda razón de mí se burla.
                 Y, porque veas que en razón me fundo,
              mete mano a la espada y haz la prueba:
              verás que en nada no te soy segundo,
              ni es para mí el probarte cosa nueva.
              ¿Que de nuevo te ríes, pese al mundo?

ROLDÁN: ¿Qué endiablado furor, primo, te lleva
              a romper nuestras paces, o qué risa
              así el aviso tuyo desavisa?

MALGESÍ: Dice que dél hiciste burla cuando
            entraba por el patio de palacio,
            su poco fausto y soledad mirando,
            y su bohemio, por antiguo, lacio.
            Pensólo, y, su estrecheza contemplando,
            y creyendo la burla, en poco espacio
            la escalera subió; y, si allí os hallara,
            en llanto vuestra risa se tornara.

ROLDÁN: Hiciera mal, porque por Dios os juro
            que no me pasó tal por pensamiento;
            y desto puede estar cierto y seguro,
            pues yo lo digo y más con juramento.
            Al pilar de la Iglesia, al fuerte muro,
            al amparo de Francia y al aliento
            de los pechos valientes, ¿quién osara,
            aunque en ello la vida le importara?
              Esta disculpa baste, ¡oh primo amado!,
            para templar vuestra no vista furia;
            que no es costumbre de mi pecho honrado
            hacer a nadie semejante injuria.
            Y más a vos, que solo habéis ganado
            más oro que tendrá y tiene Liguria,
            si es que la honra vale más que el oro
            que en Tíbar cierne el mal vestido moro.
              Dadme esa mano, ¡oh primo!, porque, en uno
            estas dos que imagino sin iguales,
            no siento yo que habrá valor alguno
            que de su puerta llegue a los umbrales.

Vuelve GALALÓN con el EMPERADOR Carlomagno

EMPERADOR: ¿Que así comenzó a hablar el importuno,
            y descubrió en el modo indicios tales,
            que presto de la lengua desmandada
            pasaría la cólera a la espada?

GALALÓN: No los pongas en paz, porque es prudencia,
            y en materia de estado esto se advierte,
            tener a tales dos en diferencia,
            que son ministros de tu vida y muerte;
            que, habiendo entre dos grandes competencia
            y entre dos consejeros, de tal suerte
            el uno y otro a sus contrarios temen,
            que es fuerza que en virtud ambos se estremen,
              por temor de las ciertas parlerías
            que te podrá decir aquél de aquéste;
            y no desprecies las razones mías,
            si no quieres que caro no te cueste.

EMPERADOR: No están de aquel talante que decías.
                Di: ¿Roldán no es aquél? ¿Reinaldos, éste?
                En paz están, y asidos de la mano.

GALALÓN: Señores, ¿no habéis visto a Carlomano?

ROLDÁN: ¡Oh grande emperador!

EMPERADOR: ¡Oh amados primos!
                ¿Habéis tenido algún enojo acaso?

ROLDÁN: Sin padrinos los dos nos avenimos
                cuando torcemos de amistad el paso.
                Muchas veces confieso que reñimos,
                mas ninguna de veras.

GALALÓN: A hablar paso
                Reinaldos y sin cólera, no hiciera
                que nuestro emperador aquí viniera;
                que yo le truje imaginando, cierto,
                que estábades los dos ya en gran batalla.

MALGESÍ: Holgáraste que el uno fuera muerto,
                y aun los dos; que este intento en ti se halla.

EMPERADOR: Tu temor ha salido en todo incierto.
                De lo que a mí me place, es que la malla
                y los aceros destos dos varones
                requieren más honrosas ocasiones.

ROLDÁN: Reinaldos, no le tengas ojeriza
                a Galalón, que a fe que es nuestro amigo.

MALGESÍ: ¡Así le viese yo hecho ceniza,
                o de la suerte que en mi mente digo!
                Éste es el soplo que aquel fuego atiza
                y enciende, por quien siempre es enemigo
                nuestro buen rey de nuestro buen linaje.

REINALDOS: ¡Cuán sin aliento viene aqueste paje!

[Sale un PAJE]

PAJE: Señor, si quieres ver una ventura, [sic]
                que en la vida se ha visto semejante,
                ponte a ese corredor: que te aseguro
                que es aventicio hermoso y elegante.

REINALDOS: ¡Donoso ha estado el paje!

PAJE: Yo lo juro
                por vida de mi padre. Trae delante
                una diosa del cielo dos salvajes
                que sirven de escuderos y de pajes;
                    una que debe ser su bisabuela
                viene detrás sobre una mula puesta.
                Digo que es cosa de admirar. Mas hela
                do asoma: ved si viene bien compuesta.

MALGESÍ: ¿Si viene con mistura de cautela
                tan grande novedad?

EMPERADOR: Poco te cuesta
                saberlo si tu libro traes a mano.

MALGESÍ: Aquí le tengo, y el saberlo es llano.

Apártase MALGESÍ a un lado del teatro, saca un libro pequeño, pónese a leer en él, y luego sale una figura de demonio por lo hueco del teatro y pónese al lado de MALGESÍ; y han de haber comenzado a entrar por el patio ANGÉLICA la bella, sobre un palafrén, embozada y la más ricamente vestida que ser pudiere; traen la rienda dos salvaje[s], vestidos de yedra o de cáñamo teñido de verde; detrás viene una DUEÑA sobre una mula con gual[d]rapa. Trae delante de sí un rico cofrecillo y a una perrilla de falda; en dando una vuelta al patio, la apean los salvajes, y va donde está el EMPERADOR, el cual, como la ve, dice

EMPERADOR: Digo que trae gallarda compostura
                    y que es gallardo el traje y peregrino,
                    y que si llega al brío la hermosura,
                    que pasa de lo humano a lo divino.

MALGESÍ: ¿Aventura es aquésta? Es desventura.

EMPERADOR: ¿Qué dices, Malgesí?

MALGESÍ: No determino
                    aún bien lo que es.

EMPERADOR: Pues mira más atento.

MALGESÍ: Ya procuro cumplir tu mandamiento.

EMPERADOR: Salid a la escalera a recebilla,
                    y traed a la dama a mi presencia.

REINALDOS: Cierto que es ésta estraña maravilla.

MALGESÍ: Cierto que no yerra aquí mi ciencia.

EMPERADOR: ¿Qué es eso, Malgesí?

MALGESÍ: Darás a oílla
gratos oídos, pero no creencia;
que esta dama que ves... Aún no sé el resto;
escúchala, que yo lo sabré presto.

*[Sale] en el teatro ANGÉLICA con los salvajes y la DUEÑA, acompañada de
REINALDOS, ROLDÁN y GALALÓN; viene ANGÉLICA embozada*

ANGÉLICA: Prospere el alto cielo,
poderoso señor, tu real estado,
y seas en el suelo
por uno y otro siglo prolongado
de tan rara ventura,
que del tiempo mudable esté segura.
     Puesto que tu presciencia
de un sí cortés me tiene asegurada,
no osaré sin licencia
decirte, ¡oh gran señor!, una embajada,
que aumentará la fama
que a tanto prez y a tanto honor te llama.

EMPERADOR: Decid lo que os pluguiere.

ANGÉLICA: Hizo verdad tu sí mi pensamiento.
Presta a lo que dijere,
sagrado emperador, oído atento,
y préstenmele aquéllos
a quien la gola señaló sus cuellos.
     Soy única heredera
del gran rey Galafrón, cuyo ancho imperio
deste mar la ribera,
ni aun casi la mitad del hemisferio,
sus límites describe;
que en otros mares y otros cielos vive.
     A su grandeza iguala
su saber, en el cual tuvo noticia
ser mi ventura mala,
si así como el estado real codicia,
a varón me entregase
que en sangre y en grandeza me igualase.
     Halló por cierto y llano
que el que venciese en singular batalla
a un mi pequeño hermano
que viste honrosa, aunque temprana malla,
éste, cierto, sería

bien de su reino y la ventura mía.
    Por provincias diversas
he venido con él, donde he tenido
ya prósperas, ya adversas
venturas, y a la fin me he conducido
a este reino de Francia,
donde tengo por cierta mi ganancia.
    De Ardenia en las umbrosas
selvas queda mi hermano, allí esperando
quien, ya por codiciosas
prendas, o esta belleza deseando,

Desembózase

su fuerte brazo pruebe;
y es lo que he de decir lo que hacer debe.
    Quien fuere derribado
del golpe de la lanza, ha de ser preso,
porque le está vedado
poner mano a la espada; y es expreso
del rey este mandato,
o, por mejor decir, concierto y pacto.
    Y si tocare el suelo
mi hermano, quedará quien le venciere
levantado a mi cielo,
o noble sea, o sea el que se fuere,
y no de otra manera.

MALGESÍ: ¡Qué bien que lo relata la hechicera!

ANGÉLICA: ¡Ea, pues, caballeros!,
quien reinos apetece y gentileza,
aprestad los aceros,
que a poco precio venden la belleza
que veis, venid en vuelo.

ROLDÁN: ¡Por Dios, que encanta!

REINALDOS: Admira, ¡vive el cielo!

ANGÉLICA: Ya te he dicho mi intento.
Conviéneme que dé la vuelta luego.

EMPERADOR: Deteneos un momento,
si es que puede con vos mi mando o ruego,
porque seáis servida
según vuestra grandeza conocida.

ANGÉLICA: Lo imposible me pides;
                 dame licencia y queda en paz.

EMPERADOR: Pues veo
                 que a tu gusto te mides,
                 en buen hora te vuelve, y el deseo
                 de servirte recibe.

MALGESÍ: ¡El mismo engaño en esta falsa vive!

Vase ANGÉLICA y su compañía

REINALDOS: ¿Para qué vas tras ella,
                 Roldán?

ROLDÁN: Son excusadas tus demandas.

REINALDOS: Yo solo he de ir con ella.

ROLDÁN: ¡Qué impertinente y qué soberbio andas!

REINALDOS: ¡Detente, no la sigas!

ROLDÁN: Reinaldos, bueno está; no me persigas.

MALGESÍ: Deténlos, no los dejes;
                 haz, señor, que se prenda aquella maga.

REINALDOS: Como de aquí te alejes,
                 daréte de tu intento justa paga.

EMPERADOR: ¿Qué desvergüenza es ésta?

MALGESÍ: Manda prender aquella deshonesta,
                    que será, a lo que veo,
                 la ruina de Francia en cierto modo.

ROLDÁN: Cumpliré mi deseo
                 a tu pesar, y aun al del mundo todo.

REINALDOS: Camina, pues, y guarte.

EMPERADOR: Acaba, Malgesí, de declararte.

MALGESÍ: Ésta que has visto es hija
                 del Galafrón, cual dijo; mas su intento,
                 que el cielo le corrija,
                 es diferente del fingido cuento,
                 porque su padre ordena

tener tus Doce Pares en cadena;
    y, si los prende, piensa
venir sobre tu reino y conquistalle;
y trázase esta ofensa
con enviar su hijo y adornalle
con una hermosa lanza,
con que de todos la vitoria alcanza.
    La lanza es encantada,
y tiene tal virtud, que, aquel que toca,
le atierra, y es dorada;
por eso pide aquella infame y loca
que la espada no prueben
los que a la empresa con valor se atreven.
    Por añagaza pone
aquella incomparable hermosura,
que el corazón dispone
aun de la más cobarde criatura
para que el hecho intente,
do, aunque se pierda, nunca se arrepiente.
    Serán tus Doce Pares
presos si no lo estorbas, señor mío,
y otros muchos millares
de los tuyos que tienen fuerza y brío
para mayores cosas.

EMPERADOR: Las que has contado son bien espantosas;
    mas no sé remediallas,
y es porque no las creo. A ti te queda
creellas y estorballas.

MALGESÍ: Haré cuanto mi industria y ciencia pueda.

GALALÓN: No son muy verdaderos,
    a decirte verdad, tus consejeros.

[Vanse] el EMPERADOR y GALALÓN

MALGESÍ: Mi hermano va enojado
    con Roldán. Estorbar quiero su daño.
    En laberinto he entrado
    que apenas saldré dél. ¡Oh ciego engaño,
    oh fuerza poderosa
    de la mujer que es, sobre falsa, hermosa!

*[Vase] MALGESÍ, y [sale] BERNARDO del Carpio, armado, y tráele la celada un
VIZCAÍNO, su escudero, con botas y fieltro y su espada*

BERNARDO: Aquí, fuera de camino,
          podré reposar un poco.

VIZCAÍNO: Señor sabio, que estás loco,
          tino vuelves desatino.
              Vizcaíno que escudero
          llevas contigo, te avisa
          camines no tanta prisa,
          paso lleves de arriero.
              Tierra buscas, tierra dejas,
          tanta parece hazaña,
          pues, metiendo en tierra extraña,
          por Dios, de propria te alejas.
              Bien que en España hay que hacer;
          moros tienes en fronteras,
          tambores, pitos, banderas
          hay allá; ya puedes ver.

BERNARDO: ¿Ya no te he dicho el intento
          que a esta tierra me ha traído?

VIZCAÍNO: Curioso mucho atrevido
          goza nunca pensamiento.
              Bien podrás, bien podrás,
          dejar mala tanto hazaña;
          a las de guerra y España
          llama.

BERNARDO: Ya te entiendo, Blas.

VIZCAÍNO: Bien es que sepas de yo
          buenos que consejos doy;
          que, por Juan Gaicoa, soy
          Vizcaíno; burro, no.
              Señor, mira, si es que ver
          poder quieres del francés,
          camino aqueste no es
          derecho; puedes volver.

BERNARDO: Dicen que estas selvas son
          donde se hallan de contino,
          por cualquier senda o camino,
          venturas de admiración,
              y que en la mitad o al fin,
          o al principio, o no sé dónde,
          entre unos bosques se esconde
          el gran padrón de Merlín,
              aquel grande encantador,
          que fue su padre el demonio.

VIZCAÍNO: Echado está testimonio,
          y levántanle, señor.

BERNARDO: Hele de buscar y hallar,
          si mil veces rodease
          estas selvas.

VIZCAÍNO: Tiempo vase;
          duerme, o vuelve a caminar.

BERNARDO: Vuelve, y ve si Ferraguto
          viene, que se quedó atrás,
          y a do quedo le dirás.

VIZCAÍNO: Escudero siempre puto.

BERNARDO: Dura y detestable guerra,
          por sólo aquesto eres buena:
          que en pluma vuelves la arena,
          y en blanda cama la tierra.
              Tú ofreces, doquier que estás,
          anchos y estendidos lechos,
          si no es que hay campos estrechos
          por donde los pasos das.
              Eres un cierto beleño
          que, entre cuidados y enojos,
          ofreces siempre a los ojos
          blando, aunque forzoso sueño.
              Eres de su calidad,
          según muestra la experiencia,
          madre de la diligencia,
          madrastra de ociosidad.
              Venid acá vos, cimera,
          rica y extremada pieza,
          y, pues sois de la cabeza,
          servidme de cabecera,
              que ya el sueño de rondón
          va ocupando mis sentidos.
          ¡Bien dicen que los dormidos
          imagen de muerte son!

*Échase a dormir BERNARDO junto al padrón de Merlín, que ha de ser un mármol
jaspeado, que se pueda abrir y cerrar, y a este instante parece encima de la montaña
el mancebo ARGALÍIA, hermano de ANGÉLICA la bella, armado y con una lanza
dorada*

ARGALÍA: Mucha tierra se descubre
          de encima desta montaña:
          de aquesta parte es campaña,

de estotra el bosque la cubre;
    allí el camino blanquea,
y hasta París va derecho.
¡Si mi hermana hubiese hecho
el gran caso que desea!
    Mas, si no me miente acaso
la vista, aquélla es, sin duda,
que el camino trueca y muda,
y hacia aquí endereza el paso.
    Los palafrenes envía
por el camino real.
En cuanto hace, no hace mal;
recebirla es cortesía.

[Vase] ARGALÍA y sale ANGÉLICA con los salvajes y la DUEÑA

ANGÉLICA: Cierto que es ésta la senda,
o no acierto bien las señas,
y a la vuelta destas peñas
sin duda está nuestra tienda.

DUEÑA: ¿Cuándo, señora, veremos
el fin de nuestros caminos?
¿Cuándo destos desatinos
a buen acuerdo saldremos?
    ¿Cuándo me veré, ¡ay de mí!,
con mi almohadilla, sentada
en estrado y descansada,
como algún tiempo me vi?
    ¿Cuándo dejaré de andar,
cuando el sol salga o tramonte,
deste monte en aquel monte,
de un lugar a otro lugar?
    ¿Cuándo de mis redomillas
veré los blancos afeites,
las unturas, los aceites,
las adobadas pasillas?
    ¿Cuándo me daré un buen rato
en reposo y sin sospecha?
Que traigo esta cara hecha
una suela de zapato.
    Los crudos aires de Francia
me tienen de aqueste modo.

ANGÉLICA: Calla, que bien se hará todo.

DUEÑA: No te arriendo la ganancia;
              que según yo vi el denuedo
           de aquellos dos paladines,
           de tus caminos y fines
           esperar buen fin no puedo.

ANGÉLICA   No atinas con la verdad;
           calla, que mi hermano viene.

[Sale] ARGALÍA

ARGALÍA: ¡Oh rico archivo, do tiene
           sus tesoros la beldad!
              ¿Cómo vienes, y en qué modo
           has salido con tu intento?

ANGÉLICA: Midióse a mi pensamiento
           la ventura casi en todo.
              Vámonos al pabellón,
           que allí, de espacio y sentada,
           contaré de mi embajada
           el principio y conclusión.

ARGALÍA: Bien dices, hermana; ven,
           que bien cerca de aquí está.

DUEÑA: La triste que cual yo va,
           yo sé que no va muy bien;
              que de la madre me aprieta
           un gran dolor en verdad.
           Todo aquesto es frialdad
           deste andar a la jineta.

*[Vanse] todos, sino es BERNARDO, que aún duerme; suene música de flautas tristes;
despierta BERNARDO, ábrese el padrón, pare una figura de muerto, y dice*

ESPÍRITU: Valeroso español, cuyo alto intento
           de tu patria y amigos te destierra,
           vuelve a tu amado padre el pensamiento,
           a quien larga prisión y escura encierra.
           A tal hazaña es gran razón que atento
           estés, y no en buscar inútil guerra
           por tan remotas partes y excusadas,
           adonde son las dichas desdichadas.
              Tiempo vendrá que del francés valiente,
           al margen de los montes Pireneos,
           bajes la altiva y generosa frente

y goces de honrosísimos trofeos.
Sigue de tu ventura la corriente,
que iguala al gran valor de tus deseos;
verás como te sube tu fortuna
sobre la faz convexa de la luna.

   Por ti tu patria se verá en sosiego,
libre de ajeno mando y señorío;
tú serás agua al encendido fuego
que arde en el pecho que de casto es frío.
Deja estas selvas, do caminas ciego,
llevado de un curioso desvarío.
Vuelve, vuelve, Bernardo, a do te llama
un inmortal renombre y clara fama.

   De Merlín el espíritu encantado
soy, que aquí yago en esta selva obscura,
del cielo para bien y mal guardado,
aunque en mis males siempre se conjura;
y no seré deste lugar llevado
a la negra región do el llanto dura,
hasta que crucen estas selvas fieras
muchas y cristianísimas banderas.

   Mil cosas se me quedan por contarte,
que otra vez te diré, porque ahora importa
detrás de aquestas ramas ocultarte,
donde será tu estada breve y corta.
A dos, que cada cual por sí es un Marte,
pondrás en paz, o mostrarás que corta
tu espada. Y, sin hablar, haz lo que digo,
y entiende que te soy y seré amigo.

Ciérrase el padrón, éntrase en él BERNARDO sin hablar palabra, y luego sale REINALDOS

REINALDOS:　　　　En vano mis pasos muevo
　　　　　　　　pues, entre estas flores tantas
　　　　　　　　no hay señales de las plantas
　　　　　　　　que por guía y norte llevo.
　　　　　　　　　Que si aquí hubieran pisado,
　　　　　　　　claro estaba que este suelo
　　　　　　　　fuera un traslado del cielo,
　　　　　　　　de varias lumbres pintado.
　　　　　　　　　¿Qué flor tocará la bella
　　　　　　　　planta, a mí tan dulce y cara,
　　　　　　　　que luego no se tornara,
　　　　　　　　o ya en sol, o en clara estrella?
　　　　　　　　　Lejos estoy del camino
　　　　　　　　que a do está mi cielo guía,
　　　　　　　　pues este suelo no envía,
　　　　　　　　o luz clara, o olor divino.

Mas ya no tendré pereza
en buscar este sol bello,
pues me han de guiar a vello
ya su luz, ya su belleza.
    Pero, ¿qué es esto, que el sueño
así me acosa y aprieta?
¡Oh fuerza libre, sujeta
a fuerzas de tan vil dueño!
    Aquí me habré de acostar,
al pie deste risco yerto,
haciendo imagen de un muerto,
pues estoy para expirar.

*Recuéstase **REINALDOS**, pone el escudo por cabecera, y entra luego **ROLDÁN** embrazado de el suyo*

ROLDÁN: ¡Tantas vueltas sin provecho!
¿Dónde, ¡oh sol!, te tramontaste
después que tu luz dejaste
en lo mejor de mi pecho?
    Descúbrete, sol hermoso,
que voy buscando tu lumbre
por el llano y por la cumbre,
desalentado y ansioso.
    ¡Oh, Angélica, luz divina
de mi humana ceguedad,
norte cuya claridad
a nuevo ser me encamina!
    ¿Cuándo te verán mis ojos,
o cuándo, si no he de verte,
vendrá la espantosa muerte
a triunfar de mis despojos?
    Mas, ¿quién es este holgazán
que duerme con tal remanso?
No hay quien no viva en descanso
sino el mísero Roldán.
    ¿Qué es esto? Reinaldos es
el que yace aquí dormido.
¡Oh primo, al mundo nacido
para grillos de mis pies,
    para esposas de mis manos,
para infierno de mis glorias,
para opuesto a mis vitorias,
para hacer mis triunfos vanos,
    para acíbar de mi gusto!
Mas yo haré que no lo seas:
sin que el mundo ni tú veas
que paso el término justo,
    quitarte quiero la vida.

Mas, ¡ay, Roldán! ¿Cómo es esto?
¿Ansí os arrojáis tan presto
a ser traidor y homicida?
    ¿Qué decís, mal pensamiento?
¿Decísme que es mi rival,
y que consiste en su mal
todo el bien de mi tormento?
    Sí decís; mas yo sé, al fin,
que el que es buen enamorado
tiene más de pecho honrado
que de traidor y de ruin.
    Yo fui Roldán sin amor,
y seré Roldán con él,
en todo tiempo fïel,
pues en todo busco honor.
    Duerme, pues, primo, en sazón;
que arrimo te sea mi escudo;
que, aunque amor vencerme pudo,
no me vence la traición.
    El tuyo quiero tomar,
porque adviertas, si despiertas,
que amistades que son ciertas
nadie las puede turbar.

REINALDOS: ¡Angélica! ¡Oh extraña vista!
¿No es Roldán este que veo,
y el que del bien que deseo
procura hacer la conquista?
    Él es; pero, ¿quién me puso
su escudo para mi arrimo?
Tu cortés bondad, ¡oh primo!,
sin duda que esto dispuso.
    Bien me pudieras matar,
pues durmiendo me hallaste,
por quitar aquel contraste
que en mi vida has de hallar;
    empero tu cortesía
más que amor pudo en tu pecho,
por la costumbre que has hecho
de hacer actos de hidalguía.
    Mas, ¿si fue por menosprecio
el dejarme con la vida?
No, por ser cosa sabida
que yo soy hombre de precio;
    y tú mismo lo has probado

una y otra vez y ciento.
No atino cuál pensamiento
tenga por más acertado:
    si me deja de arrogante,
o si fue por amistad;
que tal vez la deslealtad
vive en el celoso amante.
    ¡Oh¡ Si aquéste me dejase
señero en mi pretensión,
con el alma y corazón,
¡vive Dios!, que le adorase;
    pero si no, no imagines,
primo, que por tu bondad
dejará mi voluntad
de seguir sus dulces fines.
    Y de aquesta intención mía
no me debes de culpar,
porque el amor y el reinar
nunca admiten compañía.
    Seguramente a mi lado
pudiste echarte a dormir,
pues no se puede herir
un hombre que es encantado;
    y así, la ocasión quitaste
que tu sueño me ofrecía,
para usar la cortesía
de que tú conmigo usaste.
    Pero, despierto, veremos
tu intención a dó se inclina;
y si donde yo camina,
pondré medio en sus extremos.
    Irá el parentesco afuera,
la cortesía a una parte,
si bajase el mismo Marte
a impedirlo de su esfera.
    ¡Ah, Roldán¡ ¡Roldán, despierta!,
que es gran descuido el que tienes,
y más si, por dicha, vienes
donde mi sospecha acierta.
    Toma tu escudo, y el mío
me vuelve. ¡Despierta agora!

[Como soñando]

[ROLDÁN]:   ¡Ay, Angélica, señora
de mi vida y mi albedrío!
    ¿A dó se esconde tu faz
que todo mi bien encierra?

REINALDOS: Declarada es nuestra guerra,
          y perdida nuestra paz.
              ¡Roldán, acaba, levanta;
          destroquemos los escudos!

[Entre sueños]

ROLDÁN: ¡Con qué dulces, ciegos nudos
          me añudaste la garganta;
              la voluntad decir quiero,
          y el alma que te entregué!

REINALDOS: ¡Si no despiertas, a fe
          que te despierte este acero,
              y aun te mate, pues me matas,
          ahora duermas, ahora veles!
          Estos intentos crüeles
          nacen de entrañas ingratas.
              Estoy por dejar de ser
          quien soy. ¡Acudid al punto,
          respetos, que está difunto
          mi acertado proceder!
              ¡Ansias que me consumís,
          sospechas que me cansáis,
          recelos que me acabáis,
          celos que me pervertís!

ROLDÁN despierta

ROLDÁN: Reinaldos, ¿qué quies hacer?

REINALDOS: ¡Deshacerme, o deshacerte!

ROLDÁN: ¿Quieres, primo, darme muerte?

REINALDOS: Tu vida está en mi querer.

ROLDÁN: ¿Cómo en mi querer?

REINALDOS: Dirélo:
          no más de en querer decirme
          si vienes a perseguirme
          en la busca de mi cielo;
              si es tu venida a buscar
          a Angélica. ¿No me entiendes?

ROLDÁN: ¿De saber lo que pretendes...?

REINALDOS: ¡Acabarte, o acabar!

ROLDÁN: ¿Tanto el vivir te embaraza,
            que tras tu muerte caminas?

REINALDOS: Profeta falso, adivinas
            el mal que así te amenaza.

ROLDÁN: Contigo las cortesías
            siempre fueron por demás.

REINALDOS: Dame mi escudo, y verás
            como siempre desvarías.
              Si a París no te vuelves,
            verás también en un punto
            tu culpa y castigo junto.

ROLDÁN: ¡Fácilmente te resuelves!
              Ni a París he de volver,
            ni a Angélica he de dejar.
            Mira qué quieres.

REINALDOS: Cortar
            tu insolente proceder.
              ¡Desharéte entre mis brazos,
            aunque seas encantado!

ROLDÁN: ¡Eres villano atestado,
            y quieres luchar a brazos!

REINALDOS: ¡Mientes! Y ven con la espada,
            que, aunque seas de diamante,
            verás, infame arrogante,
            mi verdad averiguada!

*Vanse a herir con las espadas; salen del hueco del teatro llamas de fuego, que no los
deja llegar*

ROLDÁN: Bien sé que anda por aquí,
            temeroso de tu muerte,
            mas no ha de poder valerte,
            tu hechicero Malgesí;
              que pasaré de Aqueronte
            la barca por castigarte.

REINALDOS: Yo pondré por alcanzarte
                un monte sobre otro monte;
                arrojaréme en el fuego,
                como ves que aquí lo hago.

ROLDÁN: No te deja dar tu pago
                tu hermano.

REINALDOS: ¡Pues dél reniego!

Dice el ESPÍRITU de Merlín

ESPÍRITU: Fuerte Bernardo, sal fuera,
                y a los dos en paz pondrás.

Sale BERNARDO

BERNARDO: ¡Caballeros, no haya más!
                ¡Guerreros fuertes, afuera!

REINALDOS: ¿Hate el cielo aquí llovido?
                ¿Qué quieres, o qué nos mandas?

BERNARDO: Son tan justas mis demandas,
                que he de ser obedecido.
                   Y es que dejéis la dudosa
                lid de tan esquivo trance.

REINALDOS: Tú has echado muy buen lance,
                y la demanda es donosa.
                   ¿Eres español, a dicha?

BERNARDO: Por dicha, soy español.

REINALDOS: Vete, porque sólo el sol
                ha de ver nuestra desdicha;
                   que no queremos testigos
                más que el sol en la lid nuestra.

BERNARDO: No me he de ir sin que la diestra
                os déis de buenos amigos.

ROLDÁN: ¡Pesado estás!

BERNARDO: Más pesados
                estáis los dos, si advertís.

REINALDOS: Español, ¿cómo no os is?

BERNARDO: Por corteses o rogados,
                vuestra quistión, por ahora,
                no ha de pasar adelante.

ROLDÁN: Yo soy el señor de Aglante.

REINALDOS: Yo, Reinaldos.

BERNARDO: Sea en buen hora;
                que ser quien sois os obliga
                a conceder con mi ruego.

ROLDÁN: Esa razón no la niego.

REINALDOS: Este español me atosiga;
                que siempre aquesta nación
                fue arrogante y porfïada.

ROLDÁN: Señor, pues que no os va nada,
                no impidáis nuestra quistión;
                dejadnos llevar al fin
                nuestro deseo, que es justo.

BERNARDO: Aquése fuera mi gusto,
                a serlo así el de Merlín.

ROLDÁN: ¡Oh cuerpo de San Dionís,
                con el español marrano!

BERNARDO: ¡Mientes, infame villano!

REINALDOS: A plomo cayó el mentís.
                ¡Afuera, Roldán, no más!

ROLDÁN: ¡Deja, que me abraso en ira!
                ¿Qué es esto? ¿Quién me retira?
                ¿El pie de Roldán atrás?
                ¿Roldán el pie atrás? ¿Qué es esto?
                ¡Ni huyo, ni me retiro!

REINALDOS: De Merlín es este tiro.

BERNARDO: Pues yo haré que huyáis presto.

*Vase retirando ROLDÁN hacia atrás, y sube por la montaña como por fuerza de
oculta virtud*

REINALDOS: ¡Por cierto, a gentiles manos
                 te ha traído tu fortuna!

BERNARDO: Manos, yo no veo ninguna;
                 pies, sí, ligeros y sanos,
                     y que os importa tenellos
                 para hüir de mi presencia.

REINALDOS: ¡Sin igual es tu insolencia!

Sube BERNARDO por la peña arriba, siguiendo a ROLDÁN, y va tras él REINALDOS. Sale MARFISA, armada ricamente; trae por timbre una ave Fénix y una águila blanca pintada en el escudo, y, mirando subir a los tres de la montaña, con las espadas desnudas y que se acaban de desparecer, dice

MARFISA: ¿Si se combaten aquéllos?
                   Si hacen, ponerlos quiero
                 en paz, si fuere posible.
                 ¡Oh, qué montaña terrible!
                 Subir por ella no espero,
                     ni podré a caballo ir,
                 aunque le vuelva a tomar;
                 mas, con todo, he de probar
                 el trabajo del subir.
                     Bien se queda en la espesura
                 mi caballo hasta que vuelva;
                 nunca falta en esta selva
                 o buena o mala ventura.

Sube MARFISA por la montaña, y vuelven a salir al teatro, riñendo, ROLDÁN, BERNARDO y REINALDOS

ROLDÁN: No sé yo cómo sea
                 que contra ti no tengo alguna saña,
                 ni puedo en tal pelea
                 mover la espada. ¡Cosa es ésta extraña!

BERNARDO: La razón que me ayuda
                 pone tus fuerzas y tu esfuerzo en duda.

REINALDOS: De Merlín es el hecho,
                 que no hay razón que valga con su encanto;
                 que, aunque fuera su pecho
                 león en furia y en dureza un canto,
                 si hechiceros no hubiera,
                 nunca mi primo atrás el pie volviera.

[Sale] ANGÉLICA, llorando, y con ella el VIZCAÍNO, escudero de BERNARDO

VIZCAÍNO: ¡Pardiós, echóte al río!
                  ¡Tienes Granada, bravo Ferraguto!

ANGÉLICA: ¡Ay, triste hermano mío!

ROLDÁN: ¿Por qué ese cielo al suelo da tributo
                  de lágrimas tan bellas,
                  si el mismo cielo se le debe a ellas?

ANGÉLICA: Un español ha muerto
                  a mi querido hermano; y es un moro
                  que no guardó el concierto
                  debido a la milicia y su decoro,
                  y arrojóle en un río.

ROLDÁN: ¿Quién es el moro?

BERNARDO: Es un amigo mío.

ROLDÁN: ¿Amigo tuyo? ¡Oh perro,
                  tú llevarás de su maldad la pena!

REINALDOS: Roldán, no hagas tal yerro;
                  deja a mí el castigo.

ANGÉLICA: Aquí se ordena
                  mi muerte, y más desdicha
                  si de los dos me coge alguno, a dicha.
                      A esta selva escura
                  quiero entregar ya mis ligeras plantas,
                  mi guarda y mi ventura.

BERNARDO: ¿Cómo, Reinaldos, di, no te adelantas
                  a herirme con tu primo?
                  Por la honra, la vida en poco estimo.

Sale MARFISA, poniendo paz y poniendo mano a la espada; [vase] huyendo ANGÉLICA

MARFISA: ¿Qué es esto? ¡Afuera, afuera;
                  afuera, caballeros!, que os lo pide
                  quien mandarlo pudiera;
                  que, si no es que mi luz la vista impide,
                  mirando esta divisa,
                  veréis que soy la sin igual Marfisa.

VIZCAÍNO: La puta, la doncella,
            se es ida.

ROLDÁN: ¡Oh nunca vista desventura!;
            forzoso he de ir tras ella.

REINALDOS: Yo sí; tú no.

ROLDÁN: ¡Notable es tu locura!

REINALDOS: No muevas de aquí el paso.

ROLDÁN: No hago yo de tus locuras caso.

REINALDOS: ¡Por Dios que, si te mueves,
            que te haga pedazos al instante!

ROLDÁN: ¿Que a estorbarme te atreves,
            fanfarrón, pordiosero y arrogante?
            ¿Cómo te estás tan quedo?
            ¡Que no me tenga este cobarde miedo!

[Vase] ROLDÁN

VIZCAÍNO: Señor, déjale vaya;
            que pues no por allí, que por la senda
            quedan arriz, en playa
            poned a la dama.

MARFISA: ¿Por qué fue la contienda?

BERNARDO: Por celos sé que ha sido.
            Dime: ¿Ferraguto quedó herido?

VIZCAÍNO: Bueno, puto, y qué sano.

BERNARDO: ¿Con quién tuvo batalla?

VIZCAÍNO: ¿Ya no oíste?
            Batalla con hermano
            de bella huidora, y pobre, y muerto, y triste,
            de moro enojo, brío
            teniendo, dio con él todo en el río,
                y queda aquí aguardando
            [.......] espaldas de montaña.

MARFISA: Iréte acompañando,
            que quiero saber más de tu hazaña;
            que descubro en ti muestras
            que muestran que eres más de lo que muestras.
                Y advierte que contigo
            llevas a la sin par sola Marfisa,
            que, en señas y testigo
            que es única en el mundo, la divisa
            trae de aquella ave nueva
            que en el fuego la vida se renueva.

[BERNARDO]:   Haréte compañía
            subas al cielo o bajes al abismo.

MARFISA: Tan grande cortesía
            no puede parecer sino a ti mismo,
            y, usando deste gusto,
            yo he de seguir el tuyo, que es muy justo.

JORNADA SEGUNDA

Sale LAUSO, pastor, por una parte de la montaña, con su guitarra, y CORINTO, por la otra, con otra

LAUSO: ¡Ah Corinto, Corinto!

CORINTO: ¿Quién me llama?

LAUSO: Lauso, tu amigo.

LAUSO: ¿No miras?

CORINTO: Algún árbol te encubre, alguna rama,
              o estás en el lugar donde suspiras
              cuando Clori te muestra el rostro airado,
              y en solitaria parte te retiras.
                   Baja, si quieres, Lauso, al verde prado,
              en tanto que de Febo la carrera
              declina desta cumbre al otro lado.
                   Cantaremos de Clori lisonjera,
              al pie de un verde sauce o murto umbroso,
              que pasa el pensamiento en ser ligera.

LAUSO: Ya abajo; pero no a buscar reposo,
              sino a cumplir lo que amistad me obliga
              y a pasar a la sombra el sol fogoso;
                   que en tanto que la dulce mi enemiga
              se esté fortalecida en su dureza
              no hay mal que huya ni placer que siga.

Bajan los dos de la montaña

CORINTO: Pesado contrapeso es la pobreza
              para volar de amor, ¡oh Lauso!, al cielo,
              aunque tengas cien alas de firmeza.
                   No hay amor que se abata ya al señuelo
              de un ingenio sutil, de un tierno pecho,
              de un raro proceder, de un casto celo.
                   Granjería común amor se ha hecho,
              y dél hay feria franca dondequiera,
              do cada cual atiende a su provecho.

30/82

LAUSO: ¡Oh Clori, para mí serpiente fiera
                    por mi estrecheza, aunque paloma mansa
                    para un alma de piedra verdadera!
                        ¿Que es posible, cruel, que no te cansa
                    de Rústico el ingenio, que es de robre,
                    y que el tuyo estimado en él descansa?

CORINTO: Vuélvese el oro más cendrado en cobre,
                    y el ingenio más claro en tonta ciencia,
                    si le toca o le tiene el hombre pobre,
                        y desto es buen testigo la experiencia.
                    Pero escucha; que cantan en la sierra,
                    y aun es la voz bien para dalle audiencia.

Canta CLORI en la montaña, y sale cogiendo flores

[CLORI]:   *Derramastes el agua, la niña,*
                    y no dijistes: "¡Agua va!"
                    La justicia os prenderá.

LAUSO: De aquella que el placer de mí destierra
                    es el suave y regalado acento,
                    y aun quien sus gustos el amor encierra.

CORINTO: Escuchémosla, pues.

LAUSO: Ya estoy atento.

CLORI: *Derramástesla a deshora,*
                    y fue con tan poca cuenta,
                    que mojastes con afrenta
                    al que os sirve y os adora.
                    Pero llegada la hora
                    donde el daño se sabrá,
                    la justicia os prenderá.

LAUSO: Bien es que la ayudemos:
                    acuerda con el mío tu instrumento.

CORINTO: Yo creo que está bien; mas, ¿qué diremos?

LAUSO: Su mismo villancico, trastrocado,
                    cual tú sabrás hacer.

CORINTO: Los dos le haremos.

Canta CORINTO

CORINTO: *Cautivástesme el alma, la niña,*
          y tenéisla siempre allá;
          el Amor me vengará.
          Vuestros ojos salteadores,
          sin ser de nadie impedidos,
          se entraron por mis sentidos,
          y se hicieron salteadores;
          lleváronme los mejores,
          y tenéislos siempre allá;
          el Amor me vengará.

LAUSO: Así, Clori gentil, te ofrezca el prado,
          en mitad del invierno, flores bellas,
          y cuando el campo esté más agostado;
               y que siempre te halles al cogellas
          con el júbilo alegre que nos muestra
          la voz con que se ahuyentan mis querellas;
               que esa rara beldad, que nos adiestra
          a conocer al Hacedor del cielo,
          en este sitio haga alegre muestra.
               Volverás paraíso aqueste suelo,
          y este calor que nos abrasa, ardiente,
          en aura blanda y regalado yelo.

CLORI: Porque no es tu demanda impertinente,
          cual otras veces suele, haré tu gusto,
          que es en todo del mío diferente.

CORINTO: Dime, Clori gentil, ¿dó está el robusto,
          el bronce, el robre, el mármol, leño o tronco
          que así a tu gusto le ha venido al justo?
               Por aquel, digo, desarmado y bronco,
          calzado de la frente y de pies ancho,
          corto de zancas y de pecho ronco,
               cuyo dios es el estendido pancho,
          y a do tiene la crápula su estancia,
          él tiene siempre su manida y rancho.

CLORI: Con él tengo, Corinto, más ganancia
          que contigo, con Lauso y con Riselo,
          que vendéis discreción con arrogancia.
               Rústica el alma, y rústico es el velo
          que al alma cubre, y Rústico es el nombre
          del pastor que me tiene por su cielo.
               Mas, por rústico que es, en fin es hombre
          que de sus manos llueve plata y oro,
          Júpiter nuevo, y con mejor renombre.
               Él guarda de mis gustos el decoro,
          ora le envíe al blanco cita frío
          o al tostado, engañoso libio moro.

Tiene por justa ley el gusto mío,
y el levantado cuello humilde inclina
al yugo que le pone mi albedrío.
    No tiene el rico Oriente otra tal mina
como es la que yo saco de sus manos,
ora cruel me muestre, ora benigna.
    Quédense los pastores cortesanos
con la melifluidad de sus razones
y dichos, aunque agudos, siempre vanos.
    No se sustenta el cuerpo de intenciones,
ni de conceptos trasnochados hace
sus muchas y forzosas provisiones.
    El rústico, si es rico, satisface
aun a los ojos del entendimiento
y el más sabio, si es pobre, en nada aplace.
    Dirán Corinto y Lauso que yo miento,
y muestra la experiencia lo contrario,
y Rústico lo sabe, y yo lo siento.

LAUSO: Es gusto de mujeres ordinario,
en lo que es opinión, tener la parte
que más descubra ser su ingenio vario.
    Quisiera dese error, Clori, sacarte;
mas ya estás pertinaz en tu locura,
y en vano será agora predicarte.

CORINTO: Así, pastora, goces tu hermosura,
que me dejes hacer una experiencia;
quizá te hará volver a tu locura.
    Verás, pastora, al vivo la inocencia
de Rústico, el pastor, por quien nos dejas.

CLORI: ¿Para qué es el pedirme a mí licencia?

LAUSO: Paréceme que llega a mis or[e]jas
de Rústico la voz.

CORINTO: Él es, sin duda,
que a sestear recoge sus ovejas.

RÚSTICO parece por la montaña

RÚSTICO: Mirad si se cayó en aquella azuda
una oveja, pastores; corred luego,
y cada cual a su remedio acuda.
    Dejad, mal hora, del herrón el juego.
Aguija, Coridón. ¡Oh, cómo corre!
¡Quién quitara a Damón de su sosiego!
    Llegó; ya se arrojó; ya la socorre

y la saca en los brazos medio muerta,
y parece que un río de ambos corre.
    Esta noche tú, ¡hola!, está alerta,
no venga, como hizo en la pasada,
el lobo que la ca bra dejó muerta.
    Tú acudirás, Cloanto, a la majada
del valle de la Enceña, y darás orden
que estén todos aquí de madrugada.
    ¡Oh Compo! Tú harás que se concorden
en el pasto Corbato con Francenio;
que me da pesadumbre su desorden.

CLORI: ¡Mirad si tiene Rústico el ingenio
para mandar acomodado y presto!

RÚSTICO: Tú acude a las colmenas, buen Partenio.
    Llévese de las vacas todo el resto
al padrón de Merlín, y de las cabras
al monte o soto de ciprés funesto.

CLORI: ¿Parécenos de pobre las palabras
que dice?

CORINTO: Pues aquí, en esta espesura,
te has de esconder, y mira que no abras
    la boca, porque importa a la aventura
que queremos probar de nuestro intento,
por ver si es suya o nuestra la locura.

CLORI: Yo enmudezco y me escondo, y vuestro cuento
sea, si puede ser, breve y ligero;
que, si es pesado y grande, da tormento.

Escóndese CLORI

LAUSO: Corinto, ¿qué has de hacer?

CORINTO: Estáme atento.
    Rústico amigo, al llano abaja; aguija,
que es cosa que te importa; corre, corre.

RÚSTICO: Ya voy, Corinto amigo; espera, espera
mientras que cuento un centenar de bueyes,
y tres hatos de ovejas, y otros cinco
de cabras desde encima deste pico
do estoy sentado. ¿No me ves?

CORINTO: ¡Acaba!
    ¿Haces burla de mí?

RÚSTICO: Por Dios, no hago;
             mas yo lo dejo todo por servirte.
             Vesme aquí: ¿qué me mandas?

CORINTO: Que me ayudes
             a alcanzar deste ramo un papagayo
             que viene del camino de las Indias,
             y esta noche hizo venta en aquel hueco
             deste árbol, y alcanzalle me conviene.

RÚSTICO: ¿Qué llamas papagayo? ¿Es un pintado,
             que al barquero da voces y a la barca,
             y se llama real por fantasía?

CORINTO: Desa ralea es éste; pero entiendo
             que es bachiller y sabe muchas lenguas,
             principal la que llaman bergamasca.

RÚSTICO: ¿Pues qué se ha de hacer para alcanzalle?

CORINTO: Conviene que te pongas desta suerte.
             Daca este brazo, y lígale tú, Lauso,
             y átale bien, que yo le ataré estotro.

RÚSTICO: ¿Pues yo no estaré quedo sin atarme?

CORINTO: Si te meneas, espantarse ha el pájaro;
             y así, conviene que aun los pies te atemos.

RÚSTICO: Atad cuanto quisiéredes; que, a trueco
             de tener esta joya entre mis manos,
             para que luego esté en las de mi Clori,
             dejaré que me atéis dentro de un saco.
             Ya bien atado estoy. ¿Qué falta agora?

CORINTO: Que yo me suba encima de tus hombros,
             y que Lauso, pasito y con silencio,
             me ayude a levantar las verdes hojas
             que cubren, según pienso, el dulce nido.

RÚSTICO: Sube, pues. ¿A qué esperas?

CORINTO: Ten paciencia;
             que no soy tan pesado como piensas.

RÚSTICO: ¡Vive Dios, que me brumas las costillas!
             ¿Has llegado a la cumbre?

CORINTO: Ya estoy cerca.

RÚSTICO: Avisa a Lauso que las ramas mueva
             pasito, no se vaya el pajarote.

LAUSO: No se nos puede ir, que ya le he visto.

RÚSTICO: Pregúntale, Corinto, lo que suelen
             preguntar a los otros papagayos,
             por ver si entiende bien nuestro lenguaje.

CORINTO: ¿Cómo estás, loro, di? "¿Cómo? Cautivo."

RÚSTICO: ¡Hi de puta, qué pieza! Di otra cosa.

CORINTO: "¡Daca la barca, hao; daca la barca!"

RÚSTICO: Y aqueso, ¿quién lo dijo?

CORINTO: El papagayo.

RÚSTICO: ¡Oh Clori, qué presente que te hago!

CORINTO: "¡Clori, Clori, Clori, Clori, Clori!"

RÚSTICO: ¿Es todavía el papagayo aquése?

CORINTO: Pues, ¿quién había de ser?

RÚSTICO: ¿Hasle ya asido?

CORINTO: Dentro en mi caperuza está ya preso.

RÚSTICO: Desciende, pues, y véndemele, amigo,
             que te daré por él cuatro novillos
             que aún no ha llegado el yugo a sus cervices,
             no más de porque dél mi Clori goce.

LAUSO: No se dará por treinta mil florines.

RÚSTICO: ¡Ah, por amor de Dios, yo daré ciento!
             Desatadme de aquí, porque a mi gusto
             le vea y le contemple.

CORINTO: Es ceremonia
             que en semejantes cazas suele usarse,
             que tan sola una mano se desate
             del que las dos tuviere y pies atados;
             con ésta suelta, puedes blandamente
             alzar mi caperuza venturosa,
             que tal tesoro encubre. Despabila
             los ojos para ver belleza tanta.

Pasito, no le ahajes. Mas espera,
que está la mano sucia; con saliva
te la puedes limpiar.

RÚSTICO: Ya está bien limpia.

CORINTO: Agora sí. ¡Dichoso aquel que llega
a descubrir tan codiciosa prenda!

RÚSTICO: ¡Donosa está la burla! Di, Corinto:
¿es ése el papagayo?

CORINTO: Éste es el pico;
las alas, éstas; éstas, las orejas
del asno de mi Rústico y amigo.

RÚSTICO: ¡Desátenme, que a fe que yo me vengue!

Sale CLORI

CLORI: ¡Ah simple, ah simple!

RÚSTICO: ¿Y haslo visto, Clori?
Por ti la burla siento, y no por otr[o].

CLORI: Calla, que para aquello que me sirves,
más sabes que trecientos Salomones.
Di que se vista Lauso desta burla,
o que compre Corinto algún tributo,
o me envíe mañana una patena
y unos ricos corales, como espero
que podrás y querrás, con tu simpleza,
enviármelos luego.

RÚSTICO: ¿Y cómo, Clori?
Y aun dos sartas de perlas hermosísimas.

CLORI: ¿Compárase con esto algún soneto,
Lauso? Y dime, Corinto: ¿habrá sonada,
aunque se cante a tres ni aun a trecientos,
que a la patena y sartas se compare?

LAUSO: Eres mujer y sigues tu costumbre.

CLORI: Sigo lo que es razón.

LAUSO: Será milagro
hallarla en las mujeres.

CLORI: ¿Qué razones
     puede decir la lengua que se mueve
     guïada del desdén y de los celos?
     Tú eres la causa.

Entra ANGÉLICA, alborotada

ANGÉLICA: ¡Socorredme, cielos!
      Si en vuestros pechos mora
     misericordia alguna!
     Hermosa y agradable compañía:
     en mí os ofrece agora
     el cielo y la fortuna,
     sujeto igual a vuestra cortesía;
     que, la desdicha mía
     sabida, me asegura
     que podrá enterneceros
     y al remedio moveros,
     si es que le tiene tanta desventura.

CLORI: Señora, di: ¿qué tienes?

ANGÉLICA: Sin tasa males, y ningunos bienes.
      Pero no estoy en tiempo
     en que pueda contaros
     de mi dolor la parte más pequeña;
     ni vuestro pasatiempo
     será bien estorbaros
     contando el mal que ablandará esta peña.
     ¿No hay por aquí una breña
     donde me esconda, amigos?

LAUSO: Luego, ¿quies esconderte?
     ¿Quién podrá aquí ofenderte?
     Angélica Persíguenme dos bravos enemigos.

CORINTO: ¿No somos tres nosotros?

ANGÉLICA: Ni aun a tres mil no temerán los otros.
      Llevadme a vuestras chozas,
     mudadme este vestido;
     amigos, escondedme.

LAUSO: No te espantes.
     ¿Para qué te alborozas,
     si has a parte venido
     do se estiman en poco los gigantes?
     Montalbanes y Aglantes
     se tienen aquí en nada;

porque, ¡por Dios!, si quiero,
que los compre a dinero.
Angélica ¡Hoy acaba mi vida su jornada!
Corinto ¿Quieres que te escondamos?

RÚSTICO: ¿Dice que sí?

LAUSO: Pues, ¡sus!, ¿en qué tardamos?
          Ven; mudarás de traje
y de lugar y todo.

ANGÉLICA: De mis contrarios casi veo la sombra.

CORINTO: Parece de linaje,
y su habla y su modo
a mí me admira.

RÚSTICO: Pues a mí me asombra.

[Vanse] ANGÉLICA y LAUSO
          ¿Sabéis cómo se nombra?

CORINTO: Pues, ¿cómo he de sabello?

RÚSTICO: Busca algún nuevo ensayo.

CORINTO: Buscaré un papagayo
que me lo diga.

CLORI: Ganarás en ello.

CORINTO: Ganarás tú patenas.

CLORI: Siempre tus burlas para mí son buenas.

[Vanse] todos, y sale REINALDOS

REINALDOS   ¿Eres Dafne, por ventura,
que de Apolo va huyendo,
o eres Juno, que procura
librarse del monstruo horrendo
cerrada en la nube obscura?
          ¡Oh selvas de encantos llenas,
do jamás se ha visto apenas
cosa en su ser verdadero,
contar de vosotras quiero
aun las menudas arenas!
          Quizá esta fiera homicida,
que cual sombra desparece

porque padezca mi vida,
adonde menos se ofrece
la tendrá amor escondida.
    De nuevo vuelvan mis plantas
a buscar entre estas plantas
a la bella fugitiva.
¡Dura ocasión, que yo viva
muriendo de muertes tantas!

Crujidos de cadenas, ayes y suspiros dentro

        ¡Válgame Dios! ¿Qué rüido
es este que suena extraño?
¿Estoy despierto, o dormido?
¿Engáñome o no me engaño?
Otra vez llega al oído.
    De entre estas hojas entiendo
que sale el horrible estruendo.
Mas, ¡ay!, ¿qué boca espantosa,
terrible y extraña cosa,
es aquesta que estoy viendo?
    Mientras más vomitas llamas,
boca horrenda o cueva oscura,
más me incitas y me inflamas.
A ver si en esta aventura
para algún buen fin me llamas.

Descúbrese la boca de la sierpe

        Acógeme allá en tu centro,
porque por tus fuegos entro
a tu estómago de azufre.

MALGESÍ, vestido como diré, sale por la boca de la sierpe

MALGESÍ: ¿Adónde aquesto se sufre?

REINALDOS: ¡Éste sí que es mal encuentro!
        ¿Quién eres?

MALGESÍ: Soy el Horror,
portero de aquesta puerta,
adonde vive el temor
y la sospecha más cierta
que engendra el cielo de amor.
    Soy ministro de los duelos,
embajador de los celos,

que habitan en esta cueva.

REINALDOS: Pues adonde están me lleva.

MALGESÍ: Espera, y avisarélos.
          Mas primero has de mirar
las guardas que puestas tiene
en este triste lugar,
y esto es lo que te conviene.

REINALDOS: Comiénzalas a mostrar;
          que, aunque me muestras cifrados
en ellas los condenados
rostros que encierra el abismo,
seré en este trance el mismo
que he sido en los regalados.

Suena dentro música triste, como la pasada del padrón; sale el TEMOR, vestido como diré, con una tunicela parda, ceñida con culebras

MALGESÍ: Esta figura que ves
es el Temor sospechoso,
que engendra ajeno interés,
impertinente curioso,
que mira siempre al través;
          y así, el mezquino se admira
de cada cosa que mira,
ora sea mala o buena;
la verdad le causa pena,
y tiembla con la mentira.

Sale la SOSPECHA, con una tunicela de varias colores

          Ésta es la infame Sospecha,
de los Celos muy parienta,
toda de contrarios hecha,
siempre de saber sedienta
lo que menos le aprovecha.
          Aquí nace, y muere allí,
y torna a nacer aquí;
tiene mil padres a un punto:
éste, vivo; aquél, difunto,
y ella vive y muere así.

Sale CURIOSIDAD

          La vana Curiosidad
es ésta que ves presente,

hija de la Liviandad,
con cien ojos en la frente,
y los más con ceguedad.
     Es en todo entremetida,
y susténtale la vida
estar contino despierta,
y hace la guarda a una puerta
de muy difícil salida.

Con una soga a la garganta y una daga desenvainada en la mano,   sale la DESESPERACIÓN, como diré

     Es la Desesperación
esta espantosa figura,
sobre todas cuantas son,
y, aunque es mala su hechura,
es peor su condición.
     Ésta sigue las pisadas
de los Celos, desdichadas,
y anda tan junto con ellos,
que desde aquí puedes vellos
si cesan las llamaradas.

Suena la música triste, y salen los CELOS, como diré, con una   tunicela azul, pintada[s] en ella sierpes y lagartos, con una cabellera blanca, negra y azul

     Mas veslos, salen: advierte
que cuanto con ellos miras
amenazan triste suerte,
ciertos y luengos pesares
y, al fin, desdichada muerte.
     Todos sus secuaces son,
puestos en comparación,
de sus males una sombra
que, puesto que nos asombra,
no desmaya al corazón.
     Toca su mano y verás
en el estado que quedas,
diferente del que estás;
y tal quedes, que no puedas
ni quieras ya querer más.

Toca los CELOS la mano a REINALDOS

REINALDOS: ¡Celos, que se me abrasa el pecho
               y se cela! ¡En duro estrecho
               me pone el señor de Aglante!

¡Celos, quitáosme delante:
basta el mal que me habéis hecho!

MALGESÍ: ¿Cómo que con la invención
de quien yo tanto fié
no se cela el corazón
de mi primo? Yo no sé
la causa ni la razón.

Dice de dentro [el ESPÍRITU de] Merlín

[ESPÍRITU]: Malgesí, ¡cuán poco sabes!
Mas yo haré que no te alabes
de tu invención, aunque extraña.
Pártete desta montaña
antes que la vida acabes.

MALGESÍ: Ya te conozco, Merlín;
pero yo veré si puedo
ver de mi deseo el fin,
porque no me pone miedo
desa tu voz el retín.

[ESPÍRITU]: A tu primo entre esa yerba
pondrás, que a mí se reserva
y a mi fuente su salud;
que hasta agora su virtud
el cielo en ella conserva.

MALGESÍ: Volveos por do venistes,
figuras feas y tristes,
que mi primo quedará
adonde esperar podrá
el remedio que no distes.

[Vanse] las sombras

  Y yo, en tanto, buscaré
medio para remedialle,
y creo que lo hallaré.

Desvía de allí a REINALDOS

[ESPÍRITU]: Calla y procura dejalle,
Malgesí.

MALGESÍ: Así lo haré.

[Vase] MALGESÍ. Parece a este instante el carro [de] fuego, de los leones de la montaña, y en él la diosa VENUS

VENUS: De Adonis la compañía
dejo casi de mi grado
por seguir la fantasía
deste espíritu encantado
que en apremiarme porfía.
    Espérame hasta que vuelva,
mi Adonis, y amor resuelv[a]
tu brío, que no le alabo;
mira que es el puerco bravo
de la Calidonia selva.
    Pero, ¿qué puedo hacer
sin mi hijo en este trance,
donde tanto es menester?
Merlín ha errado este lance;
que a veces yerra el saber.
    Mas yo le quiero llamar,
que a las veces suele estar
mezclado entre los pastores,
y entonces son los amores
para mirar y admirar.
    Hijo mío, ¿dónde estáis?
Si acaso la voz oís,
y como a madre me amáis,
decid: ¿cómo no venís?,
que si venís, ya tardáis.
    Mas los músicos acentos
que van rompiendo los vientos
su venida manifiestan.
¡Oh hijo, y cuánto que cuestan
aun tus fingidos contentos!

Suena música de chirimías; sale la nube, y en ella el dios CUPIDO, vestido y con alas, flecha y arco desarmado

[CUPIDO]:   ¿Qué quieres, madre querida,
que con tal priesa me llamas?

VENUS: Está en peligro una vida,
ardiendo en tus vivas llamas,
y en un yelo consumida.
    Los celos, que en opinión
están que tus hijos son,
ciego y simple desvarío,

le tienen el pecho frío
y abrasado el corazón.
	Conviene que te resuelvas
en su bien, y que le vuelvas
en su antigua libertad.

[CUPIDO]:	Remedio a su enfermedad
ha de hallar en estas selvas.
	Por tiempo hallará una fuente,
cuyo corriente templado
apaga mi fuego ardiente,
y mi pena enamorada
vuelve en desdén insolente.
	Beberá Reinaldos della,
y de Angélica la bella,
la hermosura que así quiere,
si agora por vella muere,
ha de morir por no vella.
	Levanta, guerrero invicto,
y tiende otra vez el paso
cerca de aqueste distrito,
que en él hallarás acaso
medio a tu mal infinito.
	Aunque has de pasar primero
trances que callarlos quiero,
pues decillos no conviene.

REINALDOS:	Aquél que celos no tiene,
no tiene amor verdadero.

[Vase] REINALDOS

VENUS:	Ya aqueste negocio es hecho.
¿No me dirás, hijo amado,
si es invención de provecho
andar en traje no usado
y el arco roto y deshecho?
	¿Quién te le rompió? ¿Y quién pudo
cubrir tu cuerpo desnudo,
que su libertad mostraba?
¿Quién te ha quitado el aljaba
y la venda? Di; ¿estás mudo?

[CUPIDO]:	Has de saber, madre mía,
que en la corte donde he estado
no hay amor sin granjería,
y el interés se ha usurpado
mi reino y mi monarquía.

Yo, viendo que mi poder
poco me podía valer,
usé de astucia, y vestíme,
y con él entremetíme,
y todo fue menester.
    Quité a mis alas el pelo,
y en su lugar me dispuse,
a volar con terciopelo;
y, al instante que lo puse,
sentí aligerar mi vuelo.
    Del carcaj hice bolsón,
y del dorado arpón
de cada flecha, un escudo,
y con esto, y no ir desnudo,
alcancé mi pretensión.
    Hallé entradas en los pechos
que a la vista parecían
de acero o de mármol hechos;
pero luego se rendían
al golpe de mis provechos.
    No valen en nuestros días
las antiguas bizarrías
de Heros ni de Leandros,
y valen dos Alejandros
más que docientos Macías.

[Sale] RÚSTICO

RÚSTICO: Lauso, acude; y tú, Corinto,
          acude, que, a lo que creo,
          otro papagayo veo,
          o si no, pájaro pinto.
              Acude, Clori, y verás
          la verdad de lo que digo;
          y trae a esotra contigo,
          y más, si quisieres más.

[CUPIDO]:   Yo sé bien que estos pastores
          nos han de dar un buen rato.

*[Salen] LAUSO, CORINTO y CLORI, y ANGÉLICA, como
pastora*

LAUSO: ¿Tú no miras, insensato,
          que aquél es el dios de amor[es]?

RÚSTICO: Como con alas le vi,
          entendí que era alcotán.

CORINTO: ¡Quítate de aquí, pausán!

RÚSTICO: ¿Pues yo qué te hago aquí?

CORINTO: No te me pongas delante,
                que quiero hacer reverencia
                a este niño.

RÚSTICO: ¡Qué inocencia!
                ¿Niño es éste?

CORINTO: Y es gigante.

RÚSTICO: Niñazo le llamo yo,
                pues ya le apunta el bigote.
                No os burléis con el cogote.
                ¡Mal haya quien me vistió!

[CUPIDO]:   No quiero que me hagáis,
                buena gente, sacrificio,
                y téngoos en gran servicio
                la voluntad que mostráis;
                    y en pago quiero deciros
                la ventura que os espera.

VENUS: Harás, hijo, de manera
                que den vado a sus suspiros.

[CUPIDO]:   Tú, Lauso, jamás serás
                desechado ni admitido;
                tú, Corinto, da al olvido
                tu pretensión desde hoy más;
                    Rústico, mientras tuviere
                riquezas, tendrá contento:
                mudará cada momento
                Clori el bien que poseyere;
                    la pastora disfrazada
                suplicará a quien la ruega.
                Y, esto dicho, el fin se llega
                de dar fin a esta jornada.

LAUSO: En tanto, Amor, que te vas,
                porque algún contento goces,
                de nuestras rústicas voces
                el rústico acento oirás.
                    Corinto y Clori, ayudadme;
                cantaréis lo que diré.

CLORI: ¿Qué hemos de cantar?

CORINTO: No sé.

LAUSO: Diréis después, y escuchadme.
                  Venga norabuena
              Cupido a nuestras selvas,
              norabuena venga.
              Sea bienvenido
              médico tan grave,
              que así curar sabe
              de desdén y olvido;
              hémosle entendido,
              y lo que él ordena
              sea norabuena.
              Quedan estas peñas
              ricas de ventura,
              pues tanta hermosura
              hoy en ella enseñas.
              Brotarán sus breñas
              néctar dondequiera.
              ¡Norabuena [sea]!

Mientras cantan, se va el carro de VENUS, y CUPIDO en él; y suenen las chirimías, y luego dice LAUSO

LAUSO: Vamos a nuestras cabañas
              a hacer nuevas alegrías,
              pues vemos en nuestros días
              tan ricas estas montañas;
                  y si aquello que desea
              cada cual no ha sucedido,
              pues el Amor lo ha querido,
              decid: "¡Norabuena sea!"

[Dicen] todos: "¡Norabuena sea, sea norabuena!," y [vanse] y sale[n] BERNARDO y su ESCUDERO

BERNARDO: ¿Cómo no viene Marfisa?

ESCUDERO: Detrás quedó de aquel monte.

BERNARDO: Pues sobre ese risco ponte,
              y mira si se divisa.

ESCUDERO: Ella dijo que al momento
              tras nosotros se vendría.

BERNARDO: ¡Extraña es su bizarría!

ESCUDERO: Y su valor, según siento.

BERNARDO: A lo menos su arrogancia,
          pues la lleva sin parar
          a sola desafïar
          los Doce Pares de Francia;
             y tengo de acompañalla,
          que ya se lo he prometido.

ESCUDERO: En negocio te has metido
          harto extraño.

BERNARDO: ¡Simple, calla!;
             que siempre es mi intención
          buscar y ver aventuras.
          En París están seguras,
          si se traba esta quistión.
             Y veré dó llegar puede
          el valor de aquesta dama.

ESCUDERO: Llegará donde su fama
          que a las mejores excede.

BERNARDO: ¿Que se nos fue Ferraguto?

ESCUDERO: Siempre, en cuanto hacía aquel moro,
          le vi guardar un decoro
          arrojado y resoluto.
             Después que mató a Argalía,
          y en el río le arrojó,
          al momento se partió.

BERNARDO: Tiene loca fantasía.
             Mas dime: ¿no es el que asoma
          aquel gallardo francés
          de la pendencia?

ESCUDERO: Sí es,
          y es confaloner de Roma.

BERNARDO: ¿No es Roldán?

ESCUDERO: Roldán es, cierto.

BERNARDO: Agora quiero proballo,
          pues nadie podrá estorballo
          en este solo desierto.
             ¡Qué pensativo que viene!
          ¿No parece que algo busca?

ESCUDERO: Todo el sentido le ofusca
              amor que en el pecho tiene.

BERNARDO: ¿Cómo lo sabes?

ESCUDERO: ¿No viste
              que la pendencia dejó,
              y tras la dama corrió,
              que allí se mostró tan triste?

BERNARDO: ¡Ah Roldán, Roldán!

ROLDÁN: ¿Quién llama?

BERNARDO: Deciende acá y lo verás.

ROLDÁN: ¡Oh Angélica!, ¿dónde estás?

ESCUDERO: ¿Ves si le abrasa su llama?

ROLDÁN: ¿Qué me quieres, caballero?

BERNARDO: ¿No me conoces?

ROLDÁN: No, cierto.

ESCUDERO: Bien en lo que digo acierto:
              él es de amor prisionero.
                 Haré yo una buena apuesta
              que está puesto en tal abismo,
              que no sabe de sí mismo.

BERNARDO: ¿Hay cosa que iguale a ésta?
              ¿Que no me conoces?

ROLDÁN: No.

BERNARDO: Pues yo te conozco a ti.
              ¿No eres Roldán?

ROLDÁN: Creo que sí.

ESCUDERO: Mirad si lo digo yo.
              En "creo" pone si es él;
              ¡cuál le tiene Amor esquivo!

BERNARDO: El estar tan pensativo
              nos muestra su mal crüel.
              ¡Ah, Roldán, señor, señor!

ROLDÁN: ¿Habláis conmigo, por dicha?

BERNARDO: ¡Ésta si que es gran desdicha!

ESCUDERO: Como desdicha de amor.
              ¡Extraño embelesamiento!

ROLDÁN: ¡Oh Angélica dulce y cara!
              ¿Adónde escondes la cara,
              que es gloria de mi tormento?
                El corazón se me quema,
              ¡oh Angélica, mi reposo!

ESCUDERO: Deste sermón amoroso,
              esta Angélica es el tema.
                Parece que está en ser
              que puedes desafialle.

BERNARDO: Quisiera yo remedialle
              si lo pudiera hacer.

*Parece ANAGÉLICA, y va tras ella ROLDÁN; pónese en la tramoya y desparece, y a
la vuelta parece la MALA FAMA, vestida como diré, con una tunicela negra, una
trompeta negra en la mano, y alas negras y cabellera negra*

ROLDÁN: ¿No es aquél mi cielo, cielos?
              Él es, pero ya se encubre;
              pues, cuando él se me descubre
              es porque me cubran duelos.
                Tras ti voy, nueva Atalanta;
              que, si quiere socorrerme
              amor, puede aquí ponerme
              mil alas en cada planta.
                Mi sol, ¿dó te transmontaste,
              y qué sombra te sucede?
              Mas, bien es que en noche quede
              el que de tu luz privaste.

BERNARDO: De aventuras están llenas
              estas selvas, según veo.

ESCUDERO: Viendo estoy lo que no creo.

BERNARDO: ¡Calla!

ESCUDERO: No respiro apenas.

MALA FAMA: Detén el paso, senador romano,
              y aun la intención pudieras detenella,

si tras sí, en vuelo presuroso y vano,
no la llevara Angélica la bella.
¿Mas tu consejo y proceder liviano
así la entregas, que cebado en ella
quieres que quede, ¡oh grave desventura!,
tu clara fama para siempre obscura?

La Mala Fama soy, que tiene cuenta
con las torpezas de excelentes hombres
para entregallas a perpetua afrenta,
y a viva muerte sus subidos nombres.
Mi mano en este libro negro asienta,
borrando la altivez de sus renombres,
los hechos malos que en el tiempo hicieron
cuando de amor la vana ley siguieron.

Aquí está el grande Alcides, no cortando
de la hidra lernea las cabezas,
sino a los pies de Deyanira hilando,
con mujeriles paños y ternezas.
Está el rey Salomón; mas no juzgando
las diferencias faltas de certezas,
sino dando ocasión por mil razones
que esté su salvación en opiniones.

Uno de aquel famoso triunvirato
aquí le tengo escrito y señalado,
cuando, a su patria y a su honor ingrato,
cegó en la luz del rostro delicado.
En mitad de la pompa y aparato
del bélico furor, de miedo armado,
los ojos vuelve y ánimo a la nueva
Angélica egipciana que le lleva.

Es infinito el número que encierran
aquestas negras hojas de los hechos
de aquellos que su nombre y fama atierran,
porque amor sujetó sus duros pechos;
y si tú quieres ser de los que yerran,
aunque están los renglones tan estrechos,
ancho lugar haré para que escriba
tu nombre, y en infamia eterna viva.

Vuélvese la tramoya

ROLDÁN: Yo mudaré parecer,
        a pesar de lo que quiero.

BERNARDO: ¿Conocéisme, caballero?

ROLDÁN: Pues, ¿no os he de conocer?
        [Bi]en sé que sois español
        y que Bernardo os llamáis.

BERNARDO: ¡Gracias a Dios que miráis
                ya sin nublados el sol!

ROLDÁN: ¿Habéis estado presente
                al caso de admiración?

BERNARDO: Sí he estado.

ROLDÁN: ¿Y no es gran razón
                que yo vuelva diferente,
                   siendo una joya la honra
                que no se puede estimar?

BERNARDO: Verdad es; mas por amar
                no se adquiere la deshonra.

ROLDÁN: No hay amador que no haga
                mil disparates, si es fino;
                mas, ya que he cobrado el tino,
                y sanado de mi llaga,
                   mis pasos caminarán
                por diferente sendero.

[Sale] MARFISA

MARFISA: Bernardo, ¿no es el guerrero
                éste a quien llaman Roldán?

BERNARDO: Él es. Mas, ¿por qué lo dices?

MARFISA: Porque su fama me fuerza
                a probar con él mi fuerza,
                porque tú la solenices
                   y veas qué compañero
                te ha dado en mí la fortuna.

ROLDÁN: ¡No hay, cual Angélica, alguna
                en todo nuestro hemisfero!

ESCUDERO: ¡Por Dios, que se ha vuelto al tema!

ROLDÁN: Falsa fue aquella visión,
                y de nuevo el corazón
                parece que se me quema.

*Aparece otra vez ANGÉLICA, y huye a la tramoya, y vuélvese, y parece la BUENA
FAMA, vestida de blanco, con una corona en la cabeza, alas pintadas de varias
colores y una trompeta*

                ¿Has tornado a amanecer,
                sol mío? Pues ya te sigo.

ESCUDERO: Poco ha durado el amigo
                en su honroso parecer.

MARFISA: Bernardo, ¿qué es lo que veo?

BERNARDO: Calla y escucha, y verás
                misterios.

ESCUDERO: No digas más,
                que quiere hablar, según creo.

BUENA FAMA: Pues temor de la infamia no ha podido
                tus deseos volver a mejor parte,
                vuélvalos el amor de ser tenido,
                en todo el orbe por segundo Marte.
                En este libro de oro está esculpido,
                como en mármol o en bronce, en esta parte,
                tu nombre y el de aquellos esforzados
                que dieron a las armas sus cuidados.
                    Aquí, con inmortal, alto trofeo,
                notado tengo en la verdad que sigo,
                aquel gran caballero Macabeo,
                guía del pueblo que de Dios fue amigo.
                Casi a su lado el nombre escrito veo
                de aquel batallador que fue enemigo
                de la pereza infame, del que, en suma,
                puso en igual balanza, lanza y pluma.
                    Tengo otros mil que no puedo contarte,
                porque el tiempo y lugar no lo concede,
                y porque yo le tenga de avisarte
                lo que mi voz con mis escritos puede.
                Della verás, y dellos levantarte
                sobre el altura que aun al cielo excede,
                si dejas de seguir del niño ciego
                la blandura y regalo y dulce fuego.
                    Huye, Roldán, de Angélica, y advierte
                que, en seguir la belleza que te inflama,
                la vida pierdes y granjeas la muerte,
                perdiendo a mí, que soy la Buena Fama.
                Deben estas razones convencerte,
                pues Marte a nombre sin igual te llama,
                Amor a un abatido. En paz te queda,
                y lo que te deseo te suceda.

Vuélvese la tramoya

ROLDÁN: Bien sé que de Malgesí
                  son todas estas visiones.

BERNARDO: Pues dime: ¿a qué te dispones?

MARFISA: De espanto no estoy en mí.
                  Mal dije; de admiración,
                  que espanto jamás le tuve.

ROLDÁN: Corto de manos anduve
                  con una y otra visión;
                      si pedazos las hiciera,
                  no me dejaran confuso;
                  mas volverán, que es su uso
                  asaltarme dondequiera.
                      Respondiendo, pues, Bernardo,
                  a lo que me preguntaste,
                  digo que no hay mar que baste
                  templar el fuego en que ardo.
                      Y quedaos en paz los dos,
                  porque ir de aquí me conviene.

MARFISA: ¡Extremado brío tiene!

BERNARDO: Dios vaya, Roldán, con vos.

MARFISA: Vilo, y no puedo creello:
                  tal es lo que visto habemos.

BERNARDO: Por el camino podremos
                  hacer discurso sobre ello.

ESCUDERO: En fin: ¿vamos a París?

BERNARDO: ¿Ya no te he dicho que sí?

MARFISA: Yo, a lo menos.

ESCUDERO: Por allí
                  hay camino, si advertís.

BERNARDO: Los caballos, ¿dónde están?

ESCUDERO: Aquí junto.

BERNARDO: Ve por ellos.

ESCUDERO: Allá subiréis en ellos.
MARFISA: ¡Pensativo iba Roldán!

JORNADA TERCERA

Salen LAUSO y CORINTO, pastores

LAUSO: En el silencio de la noche, cuando
ocupa el dulce sueño a los mortales,
la pobre cuenta de mis ricos males
estoy al cielo y a mi Clori dando.
  Y, al tiempo cuando el sol se va mostrando,
por las rosadas puertas orientales,
con gemidos y acentos desiguales
voy la antigua querella renovando.
  Y cuando el sol de su estrellado asiento
derechos rayos a la tierra envía,
el llanto crece, y doblo los gemidos.
  Vuelve la noche, y vuelvo al triste cuento,
y siempre hallo en mi mortal porfía
al cielo sordo, a Clori sin oídos.

CORINTO: ¿Para qué tantas endechas?
Lauso amigo, déjalas,
pues mientras más dices, más
siempre menos te aprovechas.
  Yo tengo el corazón negro
por Clori y por sus desdenes;
mas, pues no me vienen bienes,
ya con los males me alegro.
  Clori y la nueva pastora,
ajenas de nuestros males,
con voces claras e iguales,
venían cantando agora.
  Al encuentro les salgamos
y ayudemos su canticio;
que tanto llorar es vicio,
si bien lo consideramos.

LAUSO: ¿Viene Rústico con ellas?

CORINTO: No se les quita del lado.

LAUSO: ¡Ah pastor afortunado!
Ni quiero oíllas, ni vellas.

CORINTO: Eso ya no puede ser,
     que veslas, vienen allí;
     canta por amor de mí.

LAUSO: Procúralas de entender.

[Salen] CLORI, cantando, y ANGÉLICA y RÚSTICO con ellas

[CLORI]:   *¡Bien haya quien hizo*
     cadenitas, cadenas;
     bien haya quien hizo
     cadenas de amor!
     ¡Bien haya el acero
     de que se formaron,
     y los que inventaron
     amor verdadero!
     ¡Bien haya el dinero
     de metal mejor;
     bien haya quien hizo
     cadenas de amor!

LAUSO: *¡Bien haya el amante*
     que a tantos vaivenes,
     iras y desdenes,
     firme está y constante!
     Éste se adelante
     al rico mayor.
     ¡Bien haya quien hizo
     cadenas de amor!

RÚSTICO: ¡Oh, quién supiera cantar!

CORINTO: ¿Que no lo sabes, pastor?

RÚSTICO: Ni contralto ni tenor;
     que estoy para reventar.

CORINTO: Mas, ¿va que tienes agallas?
     Muestra: abre bien la boca,
     que esta cura a mí me toca;
     abre más, si he de curallas.
      Ven acá. ¡Mal hayas tú
     y el padre que te engendró!

RÚSTICO: Pues, ¿qué culpa tengo yo?

CORINTO: ¡Ofrézcote a Bercebú!
      ¿Y no has caído en la cuenta
     de que tenías agallas?

RÚSTICO: Pues, ¿hay más sino sacallas?

CLORI: Esta burla me contenta;
            que, puesto que bien le quiero,
            que le burlen me da gusto.

CORINTO: Yo te sacaré, a tu gusto,
            o cantor o pregonero.
                ¿Tienes algún senojil?

RÚSTICO: Una ligapierna tengo,
            y buena.

CORINTO: Ya me prevengo
            a hacerte cantor sutil.
                Aquésta poco aprovecha;
            que, para este menester,
            izquierda tiene de ser,
            que no vale la derecha.
                ¿Qué me darás, y te haré
            cantor subido y notable?

RÚSTICO: En la paga no se hable,
            que un novillo te daré.
                La liga izquierda es aquésta:
            tómala, y pon diligencia
            en mostrar aquí tu ciencia.

CORINTO: Dios sabe cuánto me cuesta.
                Mas con esta liga y lazo
            saldré muy bien con mi intento.

RÚSTICO: Hacia esta parte las siento.

CORINTO: Déjame atar; quita el brazo.
                ¿Con qué voz quieres quedar:
            tiple, contralto o tenor?

RÚSTICO: Contrabajo es muy mejor.

CORINTO: Ése no te ha de faltar
                mientras tratares conmigo.
            Ten paciencia, sufre y calla;
            ya se ha quebrado una agalla.

RÚSTICO: ¡Que me ahogas, enemigo!

CORINTO: Contralto quedas, sin duda,
            que la voz lo manifiesta.

pues aun ahora está en muda;
a otro estirón que le dé,
estará como ha de estar.

RÚSTICO: Ladrón, ¿quiéresme ahogar?

CORINTO: No lo sé; mas probaré.

CLORI: ¡Acaba; la burla baste!

RÚSTICO: ¡A mí semejantes burlas!

CORINTO: Rústico, ¿de mí te burlas,
que no me pagas y vaste?
    ¡Pues a fe que has de llevar
comida y sobrecomida!
Todo, amigo, se comida
a ayudarme a este cantar:

*Corrido va el abad,
por el cañaveral.
Corrido va el abad,
corrido va y muy mohíno,
porque, por su desatino,
cierto desastre le vino
que le hizo caminar
por el cañaveral.
Confïado en que es muy rico,
no ha caído en que es borrico;
y por aquesto me aplico
a decirle este cantar:
por el cañaveral...*

Parece REINALDOS por la montaña

LAUSO: La burla ha estado, a lo menos
como al sujeto conviene.

ANGÉLICA: ¡Otra vez mi muerte viene!
¡Abrid, tierra, vuestros senos
y encerradme en ellos luego!

LAUSO: ¿De qué, pastora, te espantas?

ANGÉLICA: ¡A vosotras, tiernas plantas,
mi vida o mi muerte entrego!

[Vase] ANGÉLICA huyendo

CLORI: Lauso, vámonos tras ella,
                a ver qué le ha sucedido.

LAUSO: A tu voluntad rendido
                estoy siempre, ingrata bella.

[Vanse] todos, y quédase CORINTO

CORINTO: Quedar quiero, a ver quién es
                este pensativo y bravo.
                El ademán yo le alabo;
                mas, ¿si es paladín francés?

REINALDOS: O le falta al Amor conocimiento,
                o le sobra crueldad, o no es mi pena
                igual a la ocasión que me condena
                al género más duro de tormento.
                    Pero si Amor es dios, es argumento
                que nada ignora, y es razón muy buena
                que un dios no sea cruel. Pues, ¿quién ordena
                el terrible dolor que adoro y siento?
                    Si digo que es Angélica, no acierto;
                que tanto mal en tanto bien no cabe,
                ni me viene del cielo esta rüina.
                    Presto habré de morir, que es lo más cierto;
                que, al mal de quien la causa no se sabe,
                milagro es acertar la medicina.

CORINTO: ¡Ta, ta! De amor viene herido;
                bien tenemos que hacer.

REINALDOS: ¿Que no quieres parecer,
                oh bien, por mi mal perdido?
                    ¿Has visto, pastor, acaso,
                por entre aquesta espesura,
                un milagro de hermosura
                por quien yo mil muertes paso?
                    ¿Has visto unos ojos bellos
                que dos estrellas semejan,
                y unos cabellos que dejan,
                por ser oro, ser cabellos?
                    ¿Has visto, a dicha, una frente
                como espaciosa ribera,
                y una hilera y otra hilera
                de ricas perlas de Oriente?
                    Dime si has visto una boca
                que respira olor sabeo,
                y unos labios por quien creo

que el fino coral se apoca.
    Di si has visto una garganta
que es coluna deste cielo,
y un blanco pecho de yelo,
do su fuego Amor quebranta;
    y unas manos que son hechas
a torno de marfil blanco,
y un compuesto que es el blanco
do Amor despunta sus flechas.

CORINTO: ¿Tiene, por dicha, señor,
ombligo aquesa quimera,
o pies de barro, como era
la de aquel rey Donosor?
    Porque, a decirte verdad,
no he visto en estas montañas
cosas tan ricas y extrañas
y de tanta calidad.
    Y fuera muy fácil cosa,
si ellas por aquí anduvieran,
por invisibles que fueran
verlas mi vista curiosa.
    Que una espaciosa ribera,
dos estrellas y un tesoro
de cabellos, que son oro,
¿dónde esconderse pudiera?
    Y el sabeo olor que dices,
¿no me llevara tras sí?
Porque en mi vida sentí
romadizo en mis narices.
    Mas, en fin, decirte quiero
lo que he hallado, y no ser terco.

REINALDOS: ¿Qué son? Habla.

CORINTO: Tres pies de puerco
y unas manos de carnero.

REINALDOS: ¡Oh hi de puta, bellaco!;
pues, ¿con Reinaldos de burlas?

CORINTO: De mis donaires y burlas
siempre tales premios saco.

[Vase] huyendo CORINTO. Suena dentro esta voz de ANGÉLICA

ANGÉLICA: ¡Socorredme, Reinaldos, que me matan!
¡Mira que soy la sin ventura Angélica!

REINALDOS: La voz es ésta de mi amada diosa.
          ¿Adónde estás, tesoro de mi alma,
          única al mundo en hermosura y gracia?
          La triste barca del barquero horrendo
          pasaré por hallarte, y al abismo,
          cual nuevo Orfeo, bajaré llorando
          y romperé las puertas de diamante.

ANGÉLICA: ¡Moriré si te tardas; date prisa!

REINALDOS: ¿Qué camino he de hacer, amada mía?
          ¿Estás en las entrañas de la tierra,
          o enciérrante estas peñas en su centro?
          Doquier que estás te buscaré, viviendo,
          o ya desnudo espíritu sin carne.

Salen dos Sátiros que traen a ANGÉLICA como arrastrando, con un cordel a la garganta

ANGÉLICA: ¡Socorredme, Reinaldos, que me matan!

REINALDOS: No corráis más; volved, ligeras plantas,
          que no os va menos que la vida en esto.
          ¡Miserable de mí! ¿Quién me detiene?
          ¿Quién mis pies ha clavado con la tierra?
          ¡Verdugos infernales, deteneos!
          ¡No añudéis el cordel a la garganta,
          que es basa donde asienta y donde estriba
          el cielo de hermosura sobrehumana!
          ¡Miserable de mí cien mil vegadas,
          que no puedo moverme ni dar paso!
          Canalla infame, ¿para qué os dais prisa
          a acabar esa vida de mi vida,
          a escurecer el sol que alumbra el mundo?
          ¡Tate, traidores, que apretáis un cuello
          adonde el amor forma tales voces,
          que el mal desmenguan y la gloria aumentan
          del venturoso que escucharlas puede!
          ¡Oh, que la ahogan! ¡Socorredla, cielos,
          pues yo no puedo! ¡Oh sátiros lascivos!
          ¿Cómo tanta belleza no os ablanda?

Vanse los Sátiros

          Ya dieron fin a su crüel empresa;
          muerta queda mi vida, muerta queda
          la esperanza que en pie la sostenía:
          ahora os moveré, pues, sin provecho;

otra vez y otras mil soy miserable;
ahora, pies, me llevaréis do vea
la imagen de la muerte más hermosa
que vieron ni verán ojos humanos;
¡oh pies, al bien enfermos y al mal sanos!

Llégase REINALDOS a ANGÉLICA

[REINALDOS]:   ¿Es posible que ante mí
te mataron, dulce amiga?
¿Y es posible que se diga
que yo no te socorrí?
          ¿Que es posible que la muerte
ha sido tan atrevida,
que acabó tu dulce vida
con trance amargo y tan fuerte?
          ¿Y que mi ventura encierra
tanta desventura y duelo,
que hoy tengo de ver mi cielo
puesto debajo la tierra?
          ¿Qué antropófagos, qué scitas
contra ti se conjuraron,
y qué manos te acabaron
sacrílegas y malditas?
          Sin duda, el infierno todo
fue en tan desdichada empresa,
que así lo afirma y confiesa
de tu muerte el triste modo.
          Mas yo le moveré guerra,
si es que me alcanza la vida
en tu triste despedida
para vivir en la tierra.
          ¿Yo vivir? Démoste agora
sepultura, ¡oh ángel bello!,
y después me veré en ello
cuando se llegue la hora.
          Será de azada esta daga,
que abrirá la estrecha fuesa,
y daráse en ello priesa,
porque ha de hacer otra llaga.
          Brazo en valor sin segundo,
trabajad con entereza
para enterrar la riqueza
mayor que ha tenido el mundo.
          Vuestro afán, y no mi celo,
parece que en esto yerra,
si he de sacar tanta tierra
que venga a cubrir el cielo.
          La tierra te sea liviana,

extremo de la beldad
que crió en cualquier edad
la naturaleza humana.
    El tesoro desentierra
el que halla algún tesoro;
mas yo sigo otro decoro,
que cubro el mío con tierra.
    Esta parte es concluida;
otra falta, y concluiráse,
si bien el alma costase,
como ha de costar la vida.
    Otra sepultura esquiva
abriréis, daga, en mi pecho,
con que daréis fin a un hecho
que por luengos siglos viva.
    Mi cuerpo, mi dulce y bella,
quede en esta tierra dura
cual piedra de sepultura,
que dice quién yace en ella.
    ¡Ea, cobarde francés,
morid con bríos ufanos,
pues no os ataron las manos
como os ligaron los pies!

*Vase a dar **REINALDOS** con la daga; sale **MALGESÍ** en su mesma figura y detiénele el brazo, diciendo*

MALGESÍ: No hagas tal, hermano amado;
porque, en este desconcierto,
antes que no verte muerto
quiero verte enamorado.
    Aquesta enterrada y muerta
no es Angélica la bella,
sino sombra o imagen della,
que su vista desconcierta.
    Para volverte en tu ser,
hice aquesta semejanza;
que el amor sin esperanza
no suele permanecer.
    Mas, pues es tal tu locura,
que aun sin ella perseveras,
mira, para que no mueras,
vacía la sepultura.

REINALDOS: ¿Que estos sobresaltos das
al que tienes por hermano?
Hechicero, mal cristiano;
mas tú me lo pagarás.
    Pues lo sabes, ¿por qué gustas

de tratarme deste modo?

MALGESÍ: Porque te extremas en todo,
          y a ningún medio te ajustas.
              Ven, y pondréte en la mano
          a Angélica, y no fingida.

REINALDOS: Seréte toda mi vida
          humilde, obediente hermano.

[Vanse] todos. Suena una trompeta bastarda, lejos, y entran en el teatro [el EMPERADOR] Carlomagno y GALALÓN

EMPERADOR: ¿Qué trompeta es la que suena?
          ¿Si es acaso otra aventura
          que nos ponga en desventura,
          que la otra no fue buena?
              Bien lo dijo Malgesí;
          mas yo, incrédulo y cristiano,
          tuve su aviso por vano,
          y crédito no le di.
              Otra vez suena. ¿No habrá
          quien nos avise qué es esto?

GALALÓN: Yo te lo diré bien presto.

EMPERADOR: Mejor éste lo dirá.

[Sale] un PAJE

PAJE: Por San Dionís han entrado
          dos apuestos caballeros
          que parecen forasteros,
          pero de esfuerzo sobrado:
              uno mayor y robusto,
          otro mancebo y galán.

GALALÓN: ¿Dónde llegan?

PAJE: Llegarán.
          Mas miradlos, si os da gusto,
              que veis do asoman allí.

[Salen] MARFISA y BERNARDO, a caballo

EMPERADOR: ¡Bravo ademán y valiente!

GALALÓN: ¡Qué gran número de gente
                que tra[e]n los dos tras de sí!

EMPERADOR: Pondré yo que es desafío.

GALALÓN: El continente así muestra.

EMPERADOR: ¿Dónde está agora la diestra
                de Roldán?

GALALÓN: ¡Ah, señor mío!
                ¿Faltan en tu corte iguales
                a Roldán?

EMPERADOR: Yo no lo sé.
                Calla, que hablan.

GALALÓN: Sí haré.

EMPERADOR: Si dijeras desiguales...

MARFISA: Escúchame, Carlomagno,
                que yo hablaré como alcance
                mi voz hasta tus orejas,
                por más que estemos distantes;
                y denme también oídos
                tus famosos Doce Pares,
                que yo les daré mis manos
                cada y cuando que gustaren.
                Una mujer soy que encierra
                deseos en sí tan grandes,
                que compiten con el cielo,
                porque en la tierra no caben.
                Soy más varón en las obras
                que mujer en el semblante;
                ciño espada y traigo escudo,
                huigo a Venus, sigo a Marte;
                poco me curo de Cristo;
                de Mahoma no hay hablarme;
                es mi dios mi brazo solo,
                y mis obras, mis Penates.
                Fama quiero y honra busco,
                no entre bailes ni cantares,
                sino entre acerados petos,
                entre lanzas y entre alfanjes.
                Y es fama que las que vibran
                y las que ciñen tus Pares
                vuelan y cortan más que otras
                regidas de brazos tales.
                Por probar si esto es verdad,

vivo[s] deseos me traen,
y a todos los desafío,
pero a singular certamen;
y, para que no se afrenten
de una mujer que esto hace,
mi nombre quiero decilles:
soy Marfisa, y esto baste.

BERNARDO: En el padrón de Merlín
va Marfisa a aposentarse,
donde esperará tres días
el deseado combate;
y si tantos acudieren
que no puedan despacharse,
ella desde aquí me escoge
y elige por su ayudante.
Soy caballero español
de prendas y de linaje,
y quizá el mismo deseo
de Marfisa aquí me trae.
Y entended que el desafío
ha de ser a todo trance,
porque grandes honras deben
comprarse a peligros grandes.

MARFISA: Decid que deje Roldán
amorosos disparates,
que con Venus y Cupido
se aviene mal el dios Marte.
Lo que el español ha dicho
lo confirmo; y, porque es tarde
y el padrón no está muy cerca,
el Dios que adoráis os guarde.

EMPERADOR: ¿Hay, por dicha, Galalón,
en París otros Roldanes?
¿Hay otro alguno que pueda
con Reinaldos igualarse?
Si los hay, ¿cómo han callado,
oyendo desafiarse?
¡Oh, mal hubieses, Angélica,
que tantos males me haces!
Colgados de tu hermosura,
todos mis valientes traes;
solo han dejado a París,
solo, por ir a buscarte.

GALALÓN: Mientras vive Galalón,
ninguno podrá agraviarte;
y mañana con las obras

haré mis dichos verdades.
Dame licencia, señor,
porque al punto vaya a armarme.

EMPERADOR: No hay para qué me la pida
quien es de los Doce Pares.

[Vanse. Salen] FERRAGUTO y ROLDÁN, riñendo, con las espadas desnudas

ROLDÁN: Tú le mataste, y fue alevosamente,
moro español, sin fe y sin Dios nacido.

FERRAGUTO: Tu falsa lengua, como falso, miente,
y mentirá mil veces, y ha mentido.

ROLDÁN: ¿No fue maldad echarle en la corriente
del río?

FERRAGUTO: Muy bien puede del vencido
hacer el vencedor lo que quisiere.

ROLDÁN: De tu falso argüir eso se infiere.
No te retires, bárbaro arrogante,
que quiero castigar tu alevosía.

FERRAGUTO: Si me retiro, fanfarrón de Aglante,
el paso sí, la voluntad no es mía.
Por Mahoma te juro, y Trivigante,
que no sé quién me impele y me desvía
de tu presencia, ¡oh paladín gallardo!

ROLDÁN: Con ésta acabarás, que ya me tardo.

Retírase FERRAGUTO, y, puesto en la tramoya, al tirarle ROLDÁN una estocada, se vuelva la tramoya, y parece en ella ANGÉLICA, y ROLDÁN, echándose a los pies della; al punto que se inclina, se vuelve la tramoya, y parece uno de los sátiros, y hállase ROLDÁN abrazado con sus pies

ROLDÁN: ¿Qué milagros son éstos, Dios inmenso?
¿Es piedad del Amor ésta que veo?
Arrójome a tus pies, y en esto pienso
que satisfago en todo a mi deseo.
Coge, amada enemiga, el fruto y censo
que estos labios te dan, y por trofeo
ponga Amor en su templo que un Orlando
está tus bellas plantas adorando.
De ámbar pensé, mas no es sino de azufre,
el olor que despiden estas plantas.

¿Adónde tanto engaño, Amor, se sufre,
o quién puede formar visiones tantas?
Ésta veré si esta estocada sufre.

Vuélvese la tramoya, y parece MALGESÍ en su forma

MALGESÍ: Primo, ¿que no te enmiendas ni te espantas?

ROLDÁN: ¡Oh Malgesí! Hazaña ha sido aquésta
que mi amor y tu ciencia manifiesta.
    Mas, dime: ¿de qué sirven tantas pruebas
para ver que estoy loco y que me pierdo,
sabiendo que el estilo que tú llevas
ni le cree ni le admite el hombre cuerdo?

MALGESÍ: Ven conmigo, Roldán; daréte nuevas
de tu bien por tu mal.

ROLDÁN: ¡Oh sabio acuerdo!
Llévame, primo, en presuroso vuelo
deste infierno de ausencia a ver mi cielo.

MALGESÍ: Arrima las espaldas a esa caña,
los ojos cierra y de Jesús te olvida.

ROLDÁN: Grave cosa me pides.

MALGESÍ: Date maña,
que importa a tu contento esta venida.

ROLDÁN: ¿Estoy bien puesto?

MALGESÍ: Bien.

ROLDÁN: Jesús me valga,
aunque jamás con esta empresa salga.

*Vuélvese la tramoya con ROLDÁN; salen BERNARDO y
MARFISA, y suena dentro una trompeta*

BERNARDO: Trompeta y caballos siento,
y, según mi parecer,
paladín debe de ser
que viene al padrón contento,
    y seguro de alcanzar
de ti, Marfisa, el trofeo.

MARFISA: A pie viene, a lo que veo.

BERNARDO: Pues, ¿quién le hizo apear?

MARFISA: Lo que a nosotros. ¿No ves
                 que aquí caballo no llega?

BERNARDO: Sin duda, es de la refriega;
                 que me parece francés.

[Sale] GALALÓN, armado de peto y espaldar

GALALÓN: Sálveos Dios, copia dichosa,
                 tan bella como valiente.

BERNARDO: Dios te salve y te contente.

MARFISA: ¡Salutación enfadosa!
                 Sálveme mi brazo a mí,
                 y conténteme mi fuerza.

GALALÓN: Vuestro desafío me fuerza
                 y mueve a venir aquí.

MARFISA: Dime si eres paladín.

GALALÓN: Paladín digo que soy.

BERNARDO: ¿Partiste de París hoy?

GALALÓN: Anoche.

BERNARDO: Pues, ¿a qué fin?

GALALÓN: No más de a ver si hay qué ver
                 en ti y la bella Marfisa.

BERNARDO: Tú te has dado buena prisa.

GALALÓN: Conviene, porque hay que hacer.

MARFISA: ¿Qué tienes que hacer?

GALALÓN: Venceros
                 y dar a París la vuelta.

BERNARDO: Si cual tienes lengua suelta
                 tienes agudos aceros,
                 bien saldrás con tu intención.

Mas, dime: ¿cómo es tu nombre?

GALALÓN: Diréoslo, porque os asombre:
          es mi nombre Galalón,
             el gran señor de Maganza,
          de los Doce el escogido.

BERNARDO: Días ha que yo he sabido
          que eres una buena lanza,
             un crisol de la verdad,
          un abismo de elocuencia,
          un imposible de ciencia,
          un archivo de lealtad.

MARFISA: Contra la razón te pones,
          Bernardo, porque la fama
          por todo el mundo derrama
          que éste es saco de traiciones,
             y aun enemigo mortal
          de todos los paladines,
          malsín sobre los malsines,
          mentiroso y desleal,
             y, sobre todo, cobarde.

GALALÓN: A la prueba me remito,
          y vengamos al conflito,
          que se va haciendo tarde.
             Empero, si queréis iros
          sin comenzar esta empresa,
          yo os juro y hago promesa
          de eternamente serviros
             y de no desenvainar
          en contra vuestra mi espada.

BERNARDO: Promesa calificada
          y muy digna de estimar.

MARFISA: Dame la mano, que quiero
          aceptarte por amigo.

GALALÓN: Doyla, porque siempre sigo
          proceder de caballero.
             ¡Cuerpo de quien me parió,
          que los huesos me quebrantas!

MARFISA: Pues, ¿desto poco te espantas?

GALALÓN: De menos me espanto yo.
             De modo vas apretando,
          que se acerca ya mi fin.

BERNARDO: ¿Un famoso paladín
                    ansí se ha de estar quejando
                      porque le dé una doncella
                    la mano por gran favor?

GALALÓN: ¿Ésta es doncella? Es furor,
                    es rayo que me atropella,
                      es de mi vida el contraste,
                    pues que ya me la ha quitado.

MARFISA: ¡Por Dios, que se ha desmayado!

BERNARDO: ¿Cómo, y tanto le apretaste?

MARFISA: La mano le hice pedazos.

BERNARDO: ¡Oh desdichado francés!

MARFISA: Quitarle quiero el arnés,
                    pues viene sin guardabrazos,
                      y ponerle por trofeo
                    colgado de alguna rama,
                    con un mote que su fama
                    descubra, como deseo.
                      Pero fáltanme instrumentos
                    con que ponerlo en efecto.

MALGESÍ dice de dentro

MALGESÍ: No faltarán, te prometo,
                    pues sé tus buenos intentos.
                      Esos ministros que envío
                    cumplirán tu voluntad.

BERNARDO: ¡Oh, qué extraña novedad!

MARFISA: ¿Quién sabe el intento mío?
                      Los versos dicen lo mismo
                    que imaginé en mi intención.
                    ¿Si llevan a Galalón
                    estos diablos al abismo?

GALALÓN: Ya yo entiendo que aquí andas;
                    a ti digo, Malgesí.
                      Di: ¿no hallaste para mí
                    otro coche ni otras andas?

MARFISA: Di cómo dice el trofeo;
quizá yo no lo he entendido.

BERNARDO: Agudo está y escogido.

MARFISA: Léelo en voz.

BERNARDO: En voz lo leo:
Estar tan limpio y terso aqueste acero,
con la entereza que por todo alcanza,
nos dice que es, y es dicho verdadero,
del señor de la casa de Maganza.
Estas selvas está cierto
que están llenas de aventuras.

MARFISA: Quedado habemos a escuras,
por el sol que se ha encubierto;
y, entre tanto que él visita
los antípodas de abajo,
demos al sueño el trabajo
que el reposo solicita.
A esta parte dormiré;
tú, Bernardo, duerme a aquélla,
hasta que salga la estrella
que a Febo guarda la fe.
Y si en aquestos tres días
no vinieren paladines,
buscaremos otros fines
de más altas bizarrías.

BERNARDO: Bien dices, aunque el sosiego
pocas veces le procuro,
con todo, a este peñón duro
el sueño y cabeza entrego.

CASTILLA: ¿Duermes, Bernardo amigo,
y aun de pesado sueño,
como el que de cuidados no procede?
¿Huyes de ser testigo
de que un extraño dueño
tu amada patria sin razón herede?
¿Esto sufrirse puede?
Advierte que tu tío,

contra todo derecho,
forma en el casto pecho
una opinión, un miedo, un desvarío
que le mueve a hacer cosa
ingrata a ti, infame a mí, y dañosa.
     Quiere entregarme a Francia,
temeroso que, él muerto,
en mis despojos no se entregue el moro,
y está en esta ignorancia
de mi valor incierto
y dese tuyo sin igual que adoro.
No mira que el decoro
de animosa y valiente,
sin cansancio o desmayo,
que me infundió Pelayo,
he guardado en mi pecho eternament[e],
y he de guardar contino,
sin que pavor le tuerza su camino.
     Ven, y con tu presencia
infundirás un nuevo
corazón en los pechos desmayados;
curarás la dolencia
del rey, que, c[i]ego al cebo
de pensamientos en temor fundados,
sigue vanos cuidados,
tan en deshonra mía,
que, si tú no me acorres
y luego me socorres,
huiré la luz del sol, huiré del día,
y en noche eterna obscura
lloraré sin cesar mi desventura.
     Por oculto camino
del centro de la tierra
te llevaré, Bernardo, al patrio suelo.

propicio tuyo encierra
tú en tu brazo tu honra y mi consuelo.
Ven, que el benigno Cielo
a tu favor se inclina.
Llevaré a tu escudero
por el mismo sendero.
Y tú, sin par, que aspiras a divina,
procura otras empresas,
que es poco lo que en éstas inte[resas].
     Nadie en esta querella
batallará contigo,
que tras sí se los lleva la hermosura
de Angélica la bella,
común fiero enemigo
de los que en esto ponen su ventura.

Y está cierta y segura
que dentro en pocos años
verás estrañas cosas,
amargas y gustosas,
engaños falsos, ciertos desengaños.
Y, en tanto, en paz te queda,
y así cual lo deseo te suceda.

[Vase] CASTILLA con BERNARDO por lo hueco del teatro

MARFISA: Selvas de encantos llenas,
        ¿qué es aquesto que veo?
        ¿Qué figuras son éstas que se ofrecen?
        ¿Son malas o son buenas?
        Entre creo y no creo,
        me tienen estas sombras que parecen:
        admiraciones crecen
        en mí, no ningún miedo.
        Lleváronme a Bernardo,
        y aquí sin causa aguardo.
        Ir quiero a do mostrar mi esfuerzo puedo.
        Vuelto me he en un instante;
        derecha voy al campo de Agramante.

[Salen] CORINTO, pastor, y ANGÉLICA, como pastora

CORINTO: Digo que te llevaré,
        si fuese a cabo del mundo.

ANGÉLICA: En tu valor, sin segundo,
        sé bien que bien me fié.

CORINTO: Haya güelte, y tú verás
        si te llevo do quisieres.

ANGÉLICA: Mira tú cuánto pudieres,
        que eso mismo gastarás;
            que tengo joyas que son
        de valor y parecer.

CORINTO: Y, ¿adónde se han de vender?

ANGÉLICA: Ahí está la confusión.

CORINTO: No reparar en el precio:
        que, cuando hay necesidad,
        es punto de habilidad
        dar la cosa a menos precio.

Y más, que todo lo allana
un buen ingenio cursado.
Y, ¿cuándo has determinado
que partamos?

ANGÉLICA: Yo, mañana.

CORINTO: Daremos de aquí en Marsella,
y allí nos embarcaremos,
y el camino tomaremos
para España, rica y bella.
    Y, en saliendo del Estrecho,
tomar el rumbo a esta mano
por el mar profundo y cano
que tantas burlas me ha hecho.
    Digo que si naves hay,
y en el viento no hay reveses,
en menos de trece meses
yo te pondré en el Catay.
    ¿Quieres más?

ANGÉLICA: Eso me basta,
si así lo ordenase el Cielo.

CORINTO: Aunque me ves deste pelo,
soy marinero de casta,
    y nado como un atún,
y descubro como un lince,
y trabajo más que quince,
y más que veinte, y aún.
    Pues, en el guardar secreto,
haz cuenta que mudo soy.
¿Quieres que nos vamos hoy?

*[Sale] **REINALDOS***

ANGÉLICA: ¡Oh nuevo y terrible aprieto!
    Si éste me conoce, es cierta
mi muerte y mi sepultura.

CORINTO: Pues encubre tu hermosura,
si es que puede estar cubierta.
    Pero dime: ¿que éste es
el francés del otro día?
¡Adiós, pastoraza mía,
que está mi vida en mis pies!

Huye CORINTO

ANGÉLICA: No es acertado esperalle;
        muy mejor será hüir.

REINALDOS: ¿Sabrásme, amiga, decir,
        de un rostro, donaire y talle
          que es, más que humano, divino?
        Alza el rostro. ¿A qué te encubres,
        que parece que descubres
        un no sé qué peregrino?
          Alza a ver. ¡Oh santos cielos!
        ¿Qué es esto que ven mis ojos?
        ¡Oh gloria de mis enojos,
        oh quietud de mis recelos!
          ¿Quién os puso en este traje?
        ¿Huísos? Pues, ¡vive Dios!,
        ingrata, que he de ir tras vos
        hasta que al infierno baje,
          o hasta que al cielo me encumbre,
        si allá os pensáis esconder;
        que el tino no he de perder,
        pues va delante tal lumbre.

Corre ANGÉLICA y entra por una puerta, y REINALDOS tras ella; y, al salir por otra, haya entrado ROLDÁN, y encuentra con ella

ROLDÁN: De mi dolor conmovido,
        te ha puesto el cielo en mis brazos.

REINALDOS: Suelta, que te haré pedazos,
        amante descomedido;
          suelta, digo, y considera
        la grosería que haces.

ROLDÁN: ¿Para qué turbas mis paces,
        sombra despiadada y fiera?
          ¿No ves que esta prenda es mía
        de razón y de derecho?

REINALDOS: ¡Por Dios, que te pase el pecho!

ANGÉLICA: ¡Suerte airada, estrella impía!

REINALDOS: ¿Fíaste en ser encantado,
        que no quieres defenderte?

ROLDÁN: No fío sino en tenerte
              por un simple enamorado.

REINALDOS: ¡Mataréte, vive el cielo!

ROLDÁN: Si puedes, luego me acaba.

REINALDOS: ¿Hay desvergüenza tan brava?

ROLDÁN: ¿Hay tan necio y simple celo?

ANGÉLICA: ¿Hay hembra tan sin ventura
              como yo? Dúdolo, cierto.
              ¡Suelta, crüel, que me has muerto
              a manos de tu locura!

REINALDOS: ¡Suéltala, digo!

ROLDÁN: ¡No quiero!

REINALDOS: ¿Defiéndete, pues!

ROLDÁN: ¡Ni aqueso!

REINALDOS: ¡Loco estás!

ROLDÁN: Yo lo confieso,
              aunque de estar cuerdo espero.

ANGÉLICA: Divididme en dos pedazos,
              y repartid por mitad.

ROLDÁN: No parto yo la beldad
              que tengo puesta en mis brazos.

REINALDOS: Dejarla tienes entera,
              o la vida en estas manos.

ANGÉLICA: ¡Oh hambrientos lobos tiranos,
              cuál tenéis esta cordera!
                 El cielo se viene abajo,
              de mi angustia condolido.

ROLDÁN: ¡Oh salteador atrevido,
              cuán sin fruto es tu trabajo!

Descuélgase la nube y cubre a todos tres, que se esconden por lo hueco del teatro; y salen luego el EMPERADOR Carlomagno y GALALÓN, la mano en una banda, lastimada cuando se la apretó MARFISA

EMPERADOR: ¿Que vencistes a Marfisa?

GALALÓN: Llegué y vencí todo junto,
                porque yo no pierdo punto
                si acaso importa la prisa.
                   Maltratóme aquesta mano
                de un bravo golpe de espada,
                de que quedó magullada,
                porque fue el golpe de llano.

EMPERADOR: ¿Qué se hizo el español?

GALALÓN: Como vio en mí a toda Francia,
                se deshizo su arrogancia
                como las nubes al sol.
                   También le dejé vencido.

EMPERADOR: ¡Brava hazaña, Galalón!

GALALÓN: Hazaña de un corazón
                que es de ti favorecido.

EMPERADOR: ¿Quién es éste?

GALALÓN: Malgesí.

EMPERADOR: ¡Oh, a qué buen tiempo que viene!
                Parece que se detiene
                ¿Viene armado?

GALALÓN: Creo que sí.

[Sale] MALGESÍ con el escudo de GALALÓN:, donde vienen escritos los cuatro versos de antes

EMPERADOR: Extraña armadura es ésta,
                ¡oh Malgesí!, caro amigo.

GALALÓN: La ciencia deste enemigo
                honra y vida y más me cuesta.

MALGESÍ: Señor, pues sabéis leer,
                leed aquesta escritura.

GALALÓN: Mi cobardía se apura
                si más quiero aquí atender.
                   Irme quiero a procurar
                venganza deste embaidor.

MALGESÍ: Después os diré, señor,
              cosas que os han de admirar.

EMPERADOR: ¿Adónde queda Roldán,
              y adónde queda Reinaldos?

MALGESÍ: Sacro emperador, miraldos
              de la manera que están.

Vuelven a salir ROLDÁN:, REINALDOS: y ANGÉLICA:, de la misma manera como
se entraron cuando les cubrió la nube

REINALDOS: Mi trabajo doy al viento,
              por más que mi fuerza empleo.

ROLDÁN: Reinaldos, no soy Anteo,
              que me ha de faltar aliento.

ANGÉLICA: ¡Cobardes como arrogantes,
              de tal modo me tratáis,
              que no es posible seáis
              ni caballeros ni amantes!

MALGESÍ: Vuelve la vista, emperador supremo;
              verás el genio de París rompiendo
              los aires y las nubes, paraninfo
              despachado del cielo en favor tuyo.

EMPERADOR: ¡Hermosa vista y novedad es ésta!

Parece un ÁNGEL en una nube volante

ÁNGEL: Préstame, Carlo, atento y grato oído,
              y escucha del divino acuerdo cuanto
              tiene en tu daño y gusto estatüido
              allá en las aulas del alcázar santo.
              Presto estos campos con marcial rüido
              retumbarán, y con horror y espanto
              volverá las espaldas la cristiana
              a la gente agarena y africana.
                 En honor de Macón y Trivigante,
              con torcida y errada fantasía,
              viste las duras [armas] Agramante,

y deja Ferragut a Andalucía.
Rodamonte feroz viene delante;
sus fuertes moros Zaragoza envía,
con Marsilio, su rey, y el rey Sobrino,
tan prudente, que casi es adivino.
    Queda Libia desierta, sin un moro;
de África quedan solas las mezquitas,
y todos a una voz tus lirios de oro
afrentan con palabras inauditas.
Mas tú, guardando el sin igual decoro
que guardas en empresas exquisitas,
sal al encuentro luego a esta canalla,
puesto que perderás en la batalla.
    Pero después la poderosa mano
ayudarte de modo determina,
que del moro español y el africano
seas el miedo y la total rüina.
Vuelvo con esto al trono soberano,
a ver si en tu favor se determina
de nuevo alguna cosa, y en un punto
tendrás mi vista y el aviso junto.

Vase

EMPERADOR: ¡Gracias te doy, Dios inmenso,
    por el aviso y merced!

ROLDÁN: Pues ella cayó en mi red,
    gozalla, sin duda, pienso.

REINALDOS: ¿Todavía estás en eso?

ROLDÁN: ¿Y tú en eso todavía?

EMPERADOR: De vuestra loca porfía
    he de sacar buen suceso,
      y ha de ser desta manera:
    aquesta dama llevad,
    y al momento la entregad
    al gran duque de Baviera,
      y el que más daño hiciere
    en el contrario escuadrón,
    llevará por galardón
    la prenda que tanto quiere.

ROLDÁN: Soy contento.

REINALDOS: Soy contento.

ROLDÁN: ¡Morirán luego a mis manos
              andaluces y africanos!

MALGESÍ   ¡Vano saldrá vuestro intento!

ROLDÁN: ¡Despedazaré a Agramante
              y a su ejército en un punto!
              Cuéntenle ya por difunto.

MALGESÍ   No te alargues, arrogante,
              que Dios dispone otra cosa,
              como en efecto verás.

ROLDÁN: ¡Oh Agramante! ¿Dónde estás?

REINALDOS: ¡Por mía cuento esta diosa!
              Cuando con victoria vuelvas,
              crecerá tu gusto y fama,
              que por ahora nos llama
              fin suspenso a nuestras selvas.

SUENAN CHIRIMÍAS, Y DASE FIN A LA COMEDIA